JN059804

女子には塩対応な冷徹御曹司が
ナゼか私だけに甘くて優しい件について

加地アヤメ

✦

Illustration
敷城こなつ

gabriella books

女子には塩対応な冷徹御曹司がナゼか私だけに甘くて優しい件について

contents

第一章　身近なところにまさかのセレブ …………… 4

第二章　誰かこの気持ちを止めて ………………… 37

第三章　多田君の部屋 …………………………… 77

第四章　たとえセフレでも ……………………… 125

第五章　山縣君のリサーチ力 …………………… 158

第六章　婚約者になって ………………………… 194

第七章　葉月さんと対面 ………………………… 223

第八章　お互いの両親に挨拶へ ………………… 254

第九章　これからもずっと私に恋をさせる ………… 277

番外編　TOFU CAFE-U にて ………………… 285

あとがき ………………………………………… 298

第一章　身近なところにまさかのセレブ

【アイドルのKさんが、大企業の社長と熱愛か⁉】

職場での昼休憩の真っ最中。目の前のデスクで先輩社員が読んでいたスポーツ新聞の見出しに、思わず身を乗り出してしまった。

「へえ〜、大企業の社長と熱愛って、すごいな。こういうのってどこで知り合うんですかね？」

お弁当を食べ終えスマホで漫画を読んでいた私は、スマホを一旦デスクに置き、ふと目に付いた記事に食らいついた。

「なに、読みたいの？　じゃああげるよ」

今の今までそのスポーツ新聞を読んでいた飯野《いいの》さんという男性は、我が社の営業担当だ。彼は新聞をたたみ、それを私に差し出してくる。

飯野さんは現在三十二歳。ちなみに既婚で最近お子さんが生まれた。スマホの待ち受けは生まれたばかりのお子さんのどアップである。

「すみません。この記事の内容が気になっちゃって。……へえ、知り合ったきっかけは知人の紹介かあ。こういうのって大概知人の紹介じゃないですか？」

「そりゃ、一番突っ込まれにくいからじゃないの。社長がそのアイドルの追っかけしてました、って言われたらドン引きする社員もいるだろうし」

「ドン引き。確かに……うちの社長がアイドルの追っかけしてたら引きますね」

想像してみたけれど、うん、確かにきつい。

私はもらったスポーツ新聞を折りたたみ、デスクの端っこに置いた。

私、海崎和可《かいざきわか》が勤務するのは、生まれ育った街にある住宅設備会社。上下水道に給湯器や照明、空調など電気設備の工事を請け負う会社だ。

もちろん工事をするのは私ではなく、私が入社するよりもずっと前からこの会社で働いている社員さんたちなのだけど。私は、ここで来客と電話対応、事務と経理の仕事をしている。

前職を辞めて中途採用で入社したこの会社に勤務して、もうすぐ四年になろうとしている。

現在二十九歳の私は元々美容系の専門学校に行き、美容師をしていた。でも美容師の職業病とも言える手荒れに悩まされた結果、美容師の仕事を諦め一般企業に転職することを選んだのである。

でも転職先のこの会社も居心地は悪くない。女性ばかりだった美容室と違い、ここは社長の奥さん以外に女性社員がいない。それに昼間は社長以外のほとんどの社員が事務所にいないため、静かで時間の流れが穏やかだ。

刺激を求めるタイプには物足りない日々かもしれない。でも、私にはこういう毎日が心地いい。

そんな生活を送っていた私の元に、あるとき同級会の知らせが届いた。

母から届いていたと渡されたのは、中学時代の同級会のお知らせハガキだ。

数人の友人を除き、今ではほとんどのクラスメイトと疎遠になっているので、他のクラスメイトが今どうなっているのか。それを知る希少な機会ではある。

「同級会のお知らせはがき来たでしょ？　行く？」

今でもたまに連絡を取り合っている友人の美沙《みさ》に電話し、尋ねる。

『あー、来た来た。どうする？　和可、行く？』

「どうしようかなあ……日程的には仕事も休みだし、行けるけど。美沙はどうする？」

美沙も私と同じで、ずっと実家住みだ。彼女は大手化粧品会社のＢＡをしている。

『私は行きたいなあ。久しぶりにみんなに会ってみたいし。人が集まらないと開催自体なくなっちゃうから、一応参加にしとこうかなって』

「そっか。じゃあ……私も参加で返事出しとくよ」

せっかく企画してくれたのに、人が集まらないというのは悲しすぎる。幹事の気持ちを考えたら、やっぱり出席してあげたい。

『みんな来るかな～、山縣《やまがた》君とか……あ、そうだ。多田《ただ》君って来るかな』

「えっ」

突然美沙が思い出し口にした名前に、ドキッとする。

中学時代のクラスメイトだった多田君は、その頃から周囲の注目を浴びまくっていた人だ。

気を抜くと動揺が伝わってしまうのではないか。

そう思った私は、とにかく平静を装った。

「た、多田君？　……さあ、どうだろうね。仕事が忙しそうだし、難しいんじゃないかな」

『まあ、そうだよね～。今じゃ大企業の社長さんなんだっけ？　多田君中学の時から超頭よかったし、性格もちょっとアレだったし……なんか、私達とは住む世界が全然違う感じの人だったよね』

「確かに。それは言える」

多田君――多田二千夏《にちか》君は大企業の創業家に生まれ、当時はお父さんが社長をしていたこともあり、中学時代から御曹司として学校内でも有名だった。

御曹司なら中学から私立の名門校などに進学してもいいようなものだ。でも、多田君は自分の意思で私達が通う公立の中学校への進学を決めたらしい。もちろん中学卒業後は国内トップクラスの大学への進学率が高い高校へ進んだけれど。

中学時代、多田君と席が隣同士だったときに、その辺りについて尋ねたことがあった。

なんで私立中学を受けなかったの？　という私の問いかけに対する多田君の答えは、これだ。

『別に大した理由はないけど。自分がちゃんとしてれば勉強なんかどこでやったって同じ。それなら、金がかからない方がいいに決まってる』

そうですね、としか言えないド正論。多田君はいつも冷静すぎるくらい冷静だった。というか、塩対応だった。

御曹司で外見が整っているので、女子にモテると思われがちな多田君だが――実際下級生からはかなりモテていた――でも、同級生の間では塩対応で有名だった。

彼は何度も告白はされていたが、いつも眉一つ動かさずスッパリと断っていた。この塩対応ぶりが苦手という子も多く、あまり女子と話をしている姿を見たことがない。

――高校時代はどうだったんだろう……もしかしてキャラ変えて、彼女ができたりしたのかな。

気になりはしたけど、彼と同じ高校に進学した同級生はいない。だからその後の彼を知る人は、彼と連絡をとり続けていた、ごくわずかの同級生だけらしい。

『多田君と連絡取ってるっていう男子、何人かいたはずだよ。多分多田君にも同級会の連絡は行くと思うけど、来るかどうかはなんとも言えないね』

「だね。来てくれたら嬉《うれ》しいけど」

三年間一緒に学んだ仲間ではあるけれど、彼はどちらかというとクラスから浮いていたようにも見えた。だから、同級会の当日に彼が現れる確率は低い。

――会いたかったけどな……厳しいよね、きっと。

きっと彼はこない。そう思い込んでいた私は、同級会の当日、実際に会場へ足を運ぶまで多田君のことなどすっかり忘れていたのだった。

同級会は週末の夜に行われることとなった。

最寄り駅にて美沙と待ち合わせをして、一緒に会場へ向かうことにした。

「参加する人の名前聞いたら、だいたい予想通りだったわ～」

そう言いながら並んで歩いている美沙は、どことなくいつもより化粧に力が入っている。対する私はというと、特に気負う気持ちもなかったので、普段と変わらぬナチュラルメイクだ。

「美沙……化粧、気合い入ってんね」

あまりにも普段の彼女と違いすぎて、言わずにいわれなかった。それに素早く反応した美沙が、「当たり前じゃん！」と食らいついてきた。

「どこでどんな出会いが待ってるかわかんないからねっ！　それより和可……全然気合い入ってないわね。化粧も薄いし」

「そうかな～？　化粧はいつもこんなもんなんだけど……」

「言ってくれたらメイクしてあげたのに。この前発売したアイシャドウがいい色で、とっても使いやすいのよ。あとでやってあげようか？」

「と……とりあえずいいかな」

美沙はこう言うけれど、今夜はお気に入りで滅多《めった》に着ないモスグリーンのロングワンピースを着ていたり、ボブヘアに栄えるようお気に入りの揺れるタイプのピアスを付けていたりと、私なりにお洒落《しゃれ》はしているつもりなのだ。できればそういう細かいところも見てほしい。

美沙の圧を軽くスルーしているうちに、同級会の会場に到着した。

そこは街の中心部にあるイタリアンバル。同級会のためにディナータイムだけ貸し切りにしてもらっているのだそう。

一番心配していた人数に関しては、なんとか二十人は集まったので幹事もホッとしたらしい。ちなみに幹事は、三年生の時に学級委員をしていた男子の白井《しらい》君だ。

ガラス張りの店内を外から覗《のぞ》き込《こ》むと、すでに何人かが集まって話しているのが見えた。

「あー、もう結構来てるね」

美沙が嬉しそうに声を弾ませながら、店のドアを開けた。その途端、中にいた人達が一斉にこちらを見たので、やけにドキドキしてしまった。

「わー、美沙と和可だー‼」

卒業以来ほとんど顔を合わせていなかった旧友との再会は、思っていたよりもなかなか興奮するものだった。

鞄《かばん》を置かず、立ったまま何人かと話していると、そこに幹事の白井君がやってきた。

「お話の途中申し訳ないけど、はい、名前書いて〜、あと会費徴収しまーす」

「うわ、白井君話し方が全然変わってない」

美沙がおかしそうにケタケタ笑うので、私も釣られて笑ってしまった。

店に到着するまでは緊張したし、上手《うま》く話せなかったらどうしようと、いろいろ考えてしまったけど、はっきりいって杞憂《きゆう》だった。

会えば自然と昔の記憶が蘇《よみがえ》ってきて、話題が尽きることなく話が続く。それを白井君が一旦止めて、全員を席に座らせた。

「これでだいたい揃《そろ》ったかな～？　あと、時間があれば顔を出すって言ってたヤツが数人いるから。はい、じゃあ、皆さんお久しぶりです！　今日は時間が許す限り楽しんでいってください。ではカンパーイ」

白井君の音頭で乾杯し、近くの席にいる旧友と話をした。

目の前にいる男子は今メーカーに勤務するサラリーマン。その隣にいる女子はショップ店員をしているのだそう。そのショップ店員の北見《きたみ》さんという子が結構たくさんの同級生と未《いま》だに繋《つな》がっていて、今夜ここに来られなかった人達の現状を少し教えてくれた。

中にはすでに結婚して小さな子どもがいる、という子が何人かいて、あの子がもうお母さんなのか～、としみじみしてしまう場面もあった。

「そりゃ、二十九だもんねえ……結婚してたっておかしくないのよね～」

美沙も私と同じようにしみじみしていた。ちなみに、今夜この場に集まったのは男性十五人、女性が七人。圧倒的に男性が多かった。

乾杯をしてから一時間ほどが経過した頃、突然店のドアが開いた。後から顔を出すらしき人達が何人かいると聞いていたので、その人だろうと思いそちらを見る。すると、スーツ姿の男性がドアの向こうから姿を現した。

「おー！　本当に集まってる～‼」

入ってくるとすぐ私達を見て嬉しそうに声を上げたのは、クラスのムードメーカーだった山縣君だ。スーツ姿、ということは仕事帰りだろうか。

「あーっ、山縣君だ～‼」

美沙が手を叩《たた》いて喜んでいる。そういえば学生時代、美沙と山縣君は仲が良かった気がする。

――美沙、もしかして山縣君に会うかもと気合い入ってたのかな。よかったね～

うんうん。と美沙に温かい視線を送っていると、その山縣君が「あとさ」と声を上げた。

「せっかくだから有名人連れてきた。ほら」

場にいる全員が、「有名人？」と首を傾《かし》げている中。山縣君に促されて中に入ってきたのは、まさかの人物で、女性から「えーっ‼」という悲鳴に近い声が上がった。

「こんばんは」

入って来たのは、多田君だった。

――え……っ。多田君⁉

まさか多田君がここに来るとは思わなかった。

遠目に彼を見つめながら固まっていると、美沙が驚きを隠せない様子でガクガクと私を揺さぶってくる。

「ちょ、ちょっと‼　多田君だよ‼　まさか来てくれるなんて……」

「う、うん……びっくり、だね……」

その多田君は、旧友たちの歓迎ぶりに若干引いているようだった。顔が戸惑っている。

「……久しぶり……」

困惑しつつ、彼はドアから一番近い席に山縣君と隣合わせで腰を下ろした。その彼の周囲では、女子たちがなぜ多田君を呼べたのかと、山縣君に詰め寄っていた。

「なんで山縣が⁉　多田君とどういう関係なの？」

数年ぶりに会ったのが嘘《うそ》のようにぐいぐい来る女子たちに、山縣君も若干押され気味だ。

「どういうって……仕事でちょっと関わりがあったからさ。でも、多田は社長だし、きっと無理だろうなあってダメ元で誘ってみたんだよ。そしたら、まさかのOKで……俺もびっくりしたんだけど」

なー、と隣にいる多田君を見る山縣君は、すっかりあの頃の山縣君だ。対する多田君は、笑っちゃうくらい冷静で、時折メニューに視線を落とし、やってきた店員さんになにかをオーダーしていた。

――多田君だ。うそみたい……

ぱっと見、細身なところは変わっていない。元々綺麗《きれい》な顔をしていたけれど、年齢を重ねたその顔が、少年ではなく美青年へと変化を遂げていた。目は細く切れ長で、シャープな印象もそのままだ。

ダークな色味のスーツも均整のとれた体型を強調して、とても彼に合っている。

どこからどう見ても、死角のない美男子ぶり。加えて大企業を背負う威厳、もしくは風格を備えたその佇《たたず》まいは、この場の誰よりも存在感があった。

多田君がこの場に現れただけで漂う特別感。とくに同級生に思い入れはなかったけれど、改めて今夜、ここに来てよかったと思った。

彼と直接話すことができなくても、ただその姿を拝めればそれでいい。

そんな心境だった私だが、そんな考えは美沙が許さなかった。というか、彼女は別の目的があって、そのために私を道連れにした。

「ほら、和可!! いくよっ」

「へ？ どこに……」

戸惑う私の腕を掴《つか》み、美沙が席を立ち上がった。一体どこへ連れて行かれるのだろう、と思っていると、彼女は山縣君と多田君に向かって声をかけた。

「山縣君、久しぶり！」

「あっ、野々井《ののい》美沙!? 久しぶりだなあ!! その隣は海崎和可か!!」

なぜにフルネームで呼ぶ？ と思いつつ、美沙に連れられ山縣君と多田君の向かいの席に腰を下ろした。というのも、今まで彼らの前に座っていた二人が食事を取りに席を立った為《ため》、彼らの前が空席になっていたからだ。

――美沙、すごい……よく見てる……

みんなドリンクを手に移動しまくっているので、席の移動自体は問題はないのだが。

山縣君と美沙が楽しそうに会話をしている中、多田君は静かにビールを飲んでいた。たまに誰かが多田君に近づいて、久しぶりと声をかけていくが、会話はあまり弾《はず》まない。数回会話を交わしてから、みんな多田君の元を去って行く。

――なんか……うん。多田君って……

大企業の若き社長であることは間違いない事実。だけど、目の前にいるのは私達と一緒に中学の三年間を過ごした多田二千夏君で、あの頃となんら変わりはない。

その事実が微笑《ほほえ》ましいというか、嬉しいというか。笑うつもりなどまったくなかったのに、気が付いたらフッ、と笑いが漏れてしまった。

「多田君……全然変わんないね。昔のままだ」

一応口元を隠したのだが、多田君が苦笑いしているところを見ると、笑ったのはバレているようだった。

「まあね。変わったつもりもないし」

切れ長の目を伏せ、多田君がグラスに入ったビールを飲んでいる。その、グラスを持つ彼の手に、自然と目が釘付《くぎづ》けになった。

これまで男性の手なんかいくらでも見てきた。

勤務先でたまに行われる歓送迎会でビールを飲む男性社員の手を、何度も見てきた。だけど、特別手が気になったことなど一度もなかった。

でも、多田君の長くて骨張った手は、綺麗だと思って目が離せなかった。それと、グラスの持ち方。

多分本人は意識していないと思うのだが、親指、人差し指、中指の三本でグラスを持つのがとても様になっている。

――こういうのを無意識でさらっとやっちゃうのが、多田君なんだよね……

今の彼を見ていると、中学生の頃の彼を思い出してしまう。

そうだった、あの頃も多田君って、シャープペンシルや鉛筆を持つ手が、クラスメイトの男子の誰よりも美しかった気がする。

そんな思い出が頭の片隅に残るくらい、私は当時、多田君の事が好きだった。

――懐かしいな。そんなこともあったっけ……

好きだけど、それを本人に伝えることはなかった。なんせ多田君と自分とでは、学力のレベルが違いすぎた。多田君はおそらくずーっと学年トップ。真ん中辺りの成績をふらふらしていた私とは絶対に進学先も違うし、その後の進路もしかり。それだけでなく御曹司である多田君とは住む世界が違いすぎる。あの頃からそう考えていた。

そんな人に告白するなどと、大それたことができるはずもなかった。

――言えるわけないよね、今じゃ大企業の社長になっちゃってるし。あの頃も考えてたけど、住む世界が違うとはまさにこういうこと……

あのスポーツ紙に載っていたアイドルと社長のことを思い出してしまった。

まだアイドルが大企業の社長と結婚なら話も分かる。でも、私みたいな一般企業に勤務する事務員と大企業の社長とか、本気でありえない話だ。

——そうだよね……ありえないよねえ……

わかっていても、なんだかやるせなくてため息が漏れてしまう。

こんなことばかり考えていたら、だんだん気持ちが落ち込んできた。この件について考えるのは、もう止めておこう。

私もグラスを持ち、ビールを一口飲む。隣では変わらず山縣君と美沙が話に夢中になっていて、私が入る隙はまったくない。もちろん、多田君もだ。

——もう……美沙ったら。私と多田君の存在、忘れてないかな？

何気なく多田君に視線を戻すと、彼はただビールだけを飲み続けている。ずっと飲んでばかりいる、けれど、目の前に食べ物は……ない。

もしかして、食べ物があることに気がついてなかったりして。

「多田君、食べ物は？」

「ないね。別になくていいけど」

ちらっと私を見て、彼はすぐ手元のビールに口をつけた。

「ええっ。よくないよ、同じ会費払うんだから、食べた方がいいって。私もさっき食べたけど、ここの料理どれも美味《おい》しかったよ」

長い足を組み、その太股《ふともも》の上に手を置いた多田君が、じっと私を見ている。

——……ん？　無反応……？

何も言葉を発しない多田君を見て、だんだん頭が冷静になってきた。

しまった。もしかしたから多田君引いてるのかも。いくら元同級生だからって、馴《な》れ馴《な》れしくしすぎたかもしれない。

「ごっ。ごめん……なさい。私、うるさかったね」

「え？」

急に謝ってきた私を見て、多田君が不可解そうに眉根を寄せた。

「いやあの。ほら、十何年ぶりで懐かしいからって、ちょっとテンションがあがってしまったというか……もしかしたら、多田君は私の名前すら覚えていないかもしれないのに」

「いや、知ってるよ」

すぐに返事が返ってきて、ふと多田君を見る。

「……嘘。それって、さっき山縣君が私の名前言ったからでしょ？」

多田君の口元に、わずかだけど笑みが浮かんだ。

「そうじゃなくて。ちゃんと覚えてるよ、元クラスメイトの名前すら覚えていないなんて、そこまで薄情じゃない」

「嘘だ……」

「和可」

「え」

いきなり名前を呼ばれて、心臓が大きく跳ねた。

なんで名前？　なんで呼び捨て？

多田君の行動が理解出来なくて混乱し始めたとき。再び彼がその形のいい口を開く。

「海崎和可、さんでしょ？　何ヶ月も隣の席だったこともあるのに、そう簡単に忘れないよ」

確かに。彼と隣同士だった期間はまあまあ長かった。多田君みたいに記憶力の良さそうな人が、そんなに簡単に忘れたりは……ないか。

「そ……そ、っか……ごめん」

なんとなく動揺しているのを悟られたくなくて、無理に笑顔を作った。

「謝る必要ないだろ。で、食事はどのようにすれば？」

多田君が軽く背を伸ばし、室内を見回す。

「あ、うん。カウンターのとこ。取り皿が置いてあるから、自由に食べたいものを取ってくれって」

「わかった」

多田君が着ていたジャケットを脱ぎ、立ち上がった。ジャケットの下に身に付けていたベストがこれまたよくお似合いで、全身から上流階級の香りが漂ってくる。でも、今の私にそれをじっくり見る余裕はなかった。それはさっきの名前呼びのせいだ。

――び……びっくりした……まさか多田君の口から私の名前が出るとは……

たかが名前を呼ばれたくらいでなんだ、大げさな。と言われてしまえばそれまでだが、相手は元好きな人で、今や大企業の社長という、私からすれば憧れを通り越して雲の上の存在。そんな人になんの前触れもなく名前を呼ばれてみてほしい。絶対私みたいに動揺するから。

落ち着こう、私。

気持ちを落ち着けて、再び料理を取りに行った多田君に視線を送る。

私の超簡単な説明だけでわかっただろうか？　と少々気にしていたのだが、案ずることはなにもなかった。というのも、彼の周囲を数名の女子が囲んでいたからだ。

——あ。みんな、いつの間に……

多田君はとくに表情を変えることなく、淡々と料理をトングで皿に運んでいる。でも、周りにいる女子達は常に彼に向かって話しかけているので、なかなか大変そうだった。

——あんな感じじゃしばらく多田君、席に戻ってこないだろうなあ……

隣にいる美沙と山縣君の話も途切れなさそうだし、私はどうしたらいいのだろう。

ビールを飲みながらドリンクメニューを眺めていると、思いのほか早く多田君が戻ってきたので、えっ⁉　となる。

「あれ？　多田君、戻ってくるの早くない……？」

テーブルに料理が載った皿を置きながら、多田君がまた眉根を寄せる。

「特別早くもないと思うけど」

「いやあの、今の今まで他の子と話してなかった？」

多田君がああ、と短く声を漏らした、私の今の言葉で、いろんなことを察知したようだ。

「別に話をしてたわけじゃない。元気かとか、今何してるのって聞かれたから、必要最低限の質問には答えてきた。それだけのことだけど」

私に淡々と説明だけして、手にしたフォークで食事を始めた。そんな多田君を見て、私は改めて思った。

――この人昔もクールだったけど、今はそこに拍車がかかってドライになっている……‼

昔も何人か彼に告白する猛者はいたけれど、全員もれなく撃沈したと聞いている。それを知り、彼のことを好きだという女子は一人、また一人と去っていった。

だけど社会人になれば、性格のきつい人も角が取れて丸くなったりする。だから、もしかしたら多田君も昔より性格が丸くなったのかな、なんてさっきまでの会話でうっすら思ってたのに、とんだ勘違いだった。

「た……多田君。やっぱり変わってないね……ていうか、いつも誰に対してもこんな感じなの？」

「こんな感じとは？」

「え。よ、よく言うとクール？　悪く言うとかなり強めのドライ？」

「……」

多田君がフォークを持ったまま黙り込んだ。マズい、私、言ってはいけないことを口にしてしまったのではなかろうか。

「気を悪くしたのならごめんなさい……でも、他に言い方が分からなくて……」

冷たい、とかよりマシだと思ったのにな。と心の中で反省していたのだが、なぜか多田君は口を押さえたまま目尻を下げた。

どうやら、笑ってくれているらしい。

「あの……た、多田君……？」

「いや、ごめん。これまで面と向かって、俺にドライって言ってくる人ってあんまりいなかったから、なんかおかしくて」

「すっ……すみません……」

「いや、いい。その通りだし、ちゃんと自覚もしてる。でも、今更変えられないんだよね、この性格」

自覚してるんだ、へえ……

多田君がフォークを置き、腕を組む。

「長年これだからもう体に染みついてるし。それに、正直人付き合いがあまり得意じゃないので、ドライと言われているほうが楽だったりする」

「なるほど。そういうのはあるかもね」

多田君は私から見ても、友人達多数でキャッキャするタイプではないのはわかる。

「じゃあ、なんで今日ここに来てくれたの？」

ドライな多田君にしては意外だった。

友人達を大事にしていないというわけではないと思う。でも、こういうたくさんの人が集まる場というのは、きっと苦手なのではないだろうか。

「それは……なんだろうね。気の迷いかな」

「迷い……」

「あと、こいつが来いとうるさかったから」

多田君にこいつ呼ばわりされたのは、彼の隣で美沙と喋《しゃべ》りまくっている山縣君だ。

その山縣君が今のやりとりに気が付いて、「俺？」と割り込んできた。

「なに、俺がどうしたって？」

「多田君がここへ来たのって、山縣君がうるさかったからだって」

笑いながら答えたら、山縣君が多田君の肩に手を回した。そんな山縣君を表情を歪《ゆが》めて見つめているので、多田君は嫌がっているようだ。

「そうそう！　俺、今メーカーで営業してるんだけど、たまたま企業が集まる展示会で多田に会ってさ。懐かしいから連絡先聞いて、同級会に来いってメッセージ入れまくったんだ。そしたら観念したのか来てくれることになったんだよ～、どう、俺すごいだろ！」

「スパムなみにしつこかったけどな」

多田君の返しにビールを噴きそうになった。それでも、山縣君はめげることなく話を続けた。

「だって、こういう機会でもないともう多田に会うことなんかないだろう？　俺だけじゃなくて皆だって、大企業のトップに話聞きたいじゃん？　ほら、道生《みちお》工業の社長さん!!」

道生工業というのは、多田君が社長を務める会社の社名だ。道生というのは多田君のおじいさんの名前らしい。こういう情報は地元なので、割と誰もが知っているのだ。

「守秘義務があるから経営に関することは話せないけど」

さらっと言われて、山縣君がぐぬぬ、と唸《うな》る。

「じゃあ、プライベートの秘訣《ひけつ》なんかも……多田なら女性にモテまくりだろ？」

「いや、全然。独身街道まっしぐらだけど、参考になることなんかある？」

淡々とした多田君の返しに、山縣君がヒートアップする。

「なんでだよ!!　お前、もっとモテたいと思わないのかよ!!」

「別に」

最初は大企業のトップに……なんて言ってた山縣君だが、だんだんいかにしてモテるかどうかに話が変わってきているような気がする。

結局山縣君は、多田君になにを聞きたかったのか。

二人がわいわい（主に山縣君が）しているのを見て、ポッポッと他の男子が集まってきた。

「えー、多田、今度一緒に飲み会やらない？」

「食事行こうよー！」

など。誰かが来ては多田君に話しかけて、名刺を交換していたり連絡先を交換したりしていた。

多田君の対応は相変わらず塩。だけど、みんな多田君の今の社会的地位を慮《おもんぱか》ってか、それとも旧友故に彼の事を知り尽くしているのか、彼の対応に不満を抱く人はいないようだった。

これが、多田二千夏なのだと。

みんな、口には出さないが心の中ではわかっていたのかもしれない。ただ、女子達はもっと多田君と話したそうに見えたけど。

それを山縣君との話で盛り上がりお腹《なか》いっぱいになった美沙と私は、微笑ましく眺めていた。

「いいね。なんか、男同士の友情って感じでさ～」

「だね～。多田君もなんだかんだで楽しそうだし」

美沙が発した言葉に、同意しかない。それにせっかく来てくれたんだから楽しんでもらわないと、もう次がないかもしれない。

普通なら手の届かないような世界にいる多田君と会える機会など、きっともう巡ってこない。

そんなことを思いながら、しみじみとした気持ちで彼の事を見つめていた。

同級会は思いのほか盛り上がり、貸し切りにしてもらったイタリアンバルの閉店時間を迎えた。

「よーし、じゃあ二次会！　行ける人は参加して～」

幹事の白井君が二次会に行く人達を集めている中、私は身支度を済ませ帰ろうとしていた。

多田君と会って話ができただけでもう、お腹いっぱいである。

「和可は二次会行かないの？」

「うん。帰るよ。美沙は？」

「私は山縣君が行くっていうから行こうかな～。連絡先ももらったんだ」

うきうきしてる美沙を見てほっこりする。

「よかったねえ。今度は二人で会っちゃえば？」

「うん、そうしようかな。和可は？　多田君から名刺とかもらわなかったの？」

「もらわないよ」

意外だったらしく、美沙が「え」という顔をする。

「なんだ。二人、なんかいい感じで話してるから、てっきりもうもらったんだとばっかり……」

「いい感じって、どこがよ。そんなんじゃないよ、普通に話してただけ」

あの話の内容のどこがいい感じなのか。もちろん、途中で名前を呼んでもらってドキッとする場面はあったけれど、あれはそういうんじゃない。

「そっか～……でも、楽しかったならいいか」

「うん。十何年ぶりに話ができただけでじゅうぶんだよ」

今の言葉は、自分にもしっかり言い聞かせた。

会えただけ、話せただけでじゅうぶん。それでいい。

自分を納得させて店を出る。二次会に行く旧友を見送り、帰路に就こうとしたとき。

「海崎さん」

背後から名前を呼ばれて振り返ると、そこに多田君がいた。

「あれ。多田君、二次会は……？」

「行かない。帰る」

――なんだ、後半話も盛り上がってたみたいだから、てっきり二次会も参加するのだとばかり思い込んでた……

「そっか。多田君はどうやって帰るの？」

「タクシー。海崎さんは？　もし方向が一緒ならタクシー乗っていかない？」

「え」

まさか多田君からそんな申し出があると思わなかった。

よくよく話を聞くと、多田君の住むマンションと私の実家は、町は違うが方向はかろうじて一緒だった。

「じゃあ、先に海崎さんとこに行こう」

多田君が駅のタクシー乗り場に向かって歩き出す。

「え。でも、多田君のマンションのある場所だとうちを回ってくと遠回りになっちゃうけど……」

「大して変わらない」

スタスタとジャケットを翻しながら歩いて行く多田君を、急いで追いかけた。

タクシー乗り場でタクシーに乗り込み、多田君が私の実家がある町を運転手さんに告げた。

シートベルトをして、多田君と二人で後部座席に乗っている。この構図がなんとも落ち着かない。

――なんでこんなことになったんだろう……

学生時代にこっそり好きだった人と、隣同士でタクシーに乗っているなんて。なんだか嘘みたいな展開だ。

といっても連絡先を交換したわけでもないし、こうして座っていて、話が弾んでいるわけでもない。こんな夢のような時間は今だけだ。

――そう、今だけ。このタクシーを降りたら、またこれまでと変わらない日常に戻るの。

自分の中で、今の状況はたまたまだと、期待をしないよう念押しする。

しかし、この後多田君がジャケットのポケットから何かを取り出し、それを私に差し出してきたことで状況が一変した。

それは、多田君の名刺だった。

「えっ……な、なん……」

「再会したのもなにかの縁だと思うので、渡しとく。もし、海崎さんの身に困ったことがおきて、俺が相談に乗れるようなことであれば、いつでもいい。連絡して」

「た、多田君。どうしたの？　今夜の多田君、やけに優しいけど……」

名刺を受け取りながら本音が出てしまう。それを聞き、多田君がふっ、と吐息を漏らした。

「海崎さんの中にいる俺は、どれだけドライなんだ」

呆《あき》れ気味《ぎみ》に愚痴る多田君に対して、咄嗟《とっさ》にフォローが必要だと思った。

「や、あの！　ドライはドライだけど、いい意味でっていうか！　私は嫌いじゃないよ。どっちかというと……ドライでこそ多田君だと思ってるし」

「……海崎さん、それあんまりフォローになってないような気がする」

淡々と返す多田君に、うっ。と言葉を失う。

「す、すみません……」

両手で彼の名刺を持ったまま、がくんと項垂《うなだ》れる。すると隣から「ふっ……」と、堪えきれない、といった多田君の笑い声が聞こえてきた。

「はっ……!!　海崎さん、超テンパってるし。笑える」

――た……多田君が笑ってくれた……!!

こんなことだけで嬉しいって。私、多田君に関してはチョロすぎる。

「……わ、笑ってもらえてよかったです……」

「海崎さんは名刺とかないの？」

「えー……あるといえばあるけど、ちっさい設備会社のただの事務員ですから。名刺は会社に置きっぱなしです」

正直に言ったら、多田君がまた難しい顔をする。

「それ、名刺の意味ないよね？」

「すみませんって……じゃ、今、多田君の連絡先に電話するよ」

バッグからスマホを取り出して、もらったばかりの名刺に記載されている多田君の携帯番号に電話をかけた。

多田君が胸ポケットに入れていたスマホを取り出し、画面をタップする。

「登録しとく」

「うん……よろしくです」

――登録してもらうのはいいけど、またかかってくることなんかあるんだろうか……

一人で悶々《もんもん》としていると、私が住む町に近づいた。ちなみに、私と多田君が通っていた中学校がもうすぐ見えてくる。この中学校に通っていたんだから、多田君の実家もこの辺りにあるはずなのだが。

「多田君は一人暮らしなんだっけ？」

「そう」

「ご実家は？」

「あるよ。祖父母と両親が住んでる」

――なんで、多田君は一人暮らしなの？

聞いてみたかったけど、人様の家庭事情に首を突っ込むのは野暮《やぼ》だな、と思ったので、それ以上のことは聞かなかった。

まあ、この人は家族と一緒より一人でいる方が楽なのかもね。

生まれてこの方実家を出たことがない身としては、近くに実家があっても一人で暮らしている多田君の気持ちがわからないでもない。

私だって経済的に余裕があれば、一度は一人暮らしを経験してみたいと常々思っているので。

「……なんか、いろいろ考えてるね？」

「えっ」

考え込んでいたら隣から声が聞こえたので、ビクッと肩が震えてしまった。

「別に、家族と仲が悪いとかそういうんじゃないよ。基本的に一人でいるのが好きなだけで」

「そ、そうなんだね……でも、全てのことを一人でしてるわけじゃないよね？　誰か他に……」

大企業の社長さんなんだし、身の回りのことをしてくれる人が一人くらいいるのではないか。

勝手にそう思い込んでいたけれど、実際は違った。

「一人暮らしなんだから、いるわけないでしょ」

何を言ってるの？　と言いたげな冷めた目で見られた。

え。嘘。本当に誰もいないの？

「だって、社長さん……でしょ？」

多田君に掌《てのひら》を向けて聞き返した。でも、彼の表情は変わらない。

「関係ない。家の中に他人が入るのはあんまり好きじゃない」

――おー……なるほどね……

多田君が言いそうなことだなと、思いっきり納得してしまった。

「そ、そっか……変なこと言ってごめん……」

なんか私、もう口を開かない方がいいみたい。

自分のやったことに対して軽く落ち込んでいると、隣から「いや」と声が聞こえてきた。

「変なことなんかじゃない。海崎さんは俺の生活を心配してくれたんだろ。ありがとう」

「……え。あ、うん……どういたしまして」

「でもまあ、海崎さんになにもできなさそうに見られていることが分かったのが、今日の収穫か」

ちらっと私を見て、口元に弧を描く。

そんな多田君に、ドキッとせずにはいられなかった。

――や、やばい……心臓の音……多田君に聞こえていませんように……！

なんでこんなに格好いいの、多田君。

もしかして自分が格好いいのをちゃんと分かっていて、こういうことをするの？

彼を好きだったあの頃の気持ちを蘇らせたくなんかないのに……

こんなときに幸か不幸か。私の実家が近くなって、彼との別れの時間が迫ってきた。

「……はい、そこの角を曲がったところで止まってください」

運転手さんに車を停《と》めてもらう場所を説明してから、なんとなく多田君を見る。

「あの……今日は、久しぶりに会えて嬉しかったです。多田君が変わってないのも嬉しかった」

改めてお礼を言われて、多田君が目を丸くしていた。

「それは、どうも……」

「あと、連絡先を教えてくれたのも嬉しかった。でも、よかったの？　私に教えちゃって」

「？　どういう意味？」

「いやほら、一応女だし？　多田君のところに鬼電したりするかもしれないよ？」

なんて。そんなこと絶対にしないけど。でも、世の中には、多田君に振り向いてほしくて、電話やメッセージを送り続けることで猛アピールする女子の一人くらいいそうだから。

注意喚起の意味と冗談を交えたつもりだった。

でも。

「かもしれないね。でも、海崎さんはそういうことしないって知ってる。だから教えた」

「え……」

意外な反応が返ってきて、返す言葉が浮かばなかった。そうこうしているうちにタクシーが停まった。

「お客さん、ここで合ってますか？」

運転手さんに尋ねられて、慌てて「はい！　合ってます！」と返事をした。それと大事なことを忘れていた、タクシー代だ。

「あ、えっと、ここまでのタクシー代を……」

バッグの中に手を突っ込んで財布を取り出そうとする。でもその手の上に、多田君の手が覆《おお》い被《かぶ》さった。

意図せぬ接触にまた心臓が跳ねた。

「いや、いいから」

「でも」

「いいって」

運転手さんをチラ見して、早く行きなよ。と多田君の目が訴えていた。

「〜〜〜っ、ご、ごめん……ありがとう。じゃあ、行くね」

「ああ。じゃ、また」

自動で開いたドアから降りると、また自動でドアが閉まった。ぶんぶん手を振るのもどうかと思って、軽く手を上げたら、多田君も同じように手を上げて応えてくれた。

——た……多田君……‼

さっきの台詞《せりふ》が何度も頭の中でリピートしてる。

『海崎さんはそういうことしないって知ってる。だから教えた』

思い出すだけで顔が熱い。

また会えるかどうかまったくわからないけれど、今度会ったら是非聞いてみたい。

なんであんなことを口にしたのかと。

「多田君……さっきのはどういう意味なんですか～～⁉」

私は家に帰ることもせず、その場でしばらくの間ぼーっとした。

さっきの多田君の言葉にはなにか意味があるのか。しないって知ってるって、彼は私のなにを知っているのか。

なるべく早めにその答えがほしい。でないと私、自分に都合のいい解釈をしてしまいそうで怖い。

――多田君……大企業の社長さんで、自分とは全然住む世界が違う人だけど……それでも……わずかに繋がった彼との縁を、大事にしていきたい。

まだ手にしていた彼の名刺に視線を落として、大きなため息をついた。

本当になんで私に連絡先を教えてくれたんだろう。

あと、やっぱり私、今でも多田君のことが好きかもしれない。

大昔に経験のあるこの胸のときめき。それを懐かしく思いながら、やっと私は家に入ったのだった。

第二章　誰かこの気持ちを止めて

「はあ……」

同級会のときに多田君からもらった名刺を見つめて、もう何度目になるかわからないため息をつく。

同級会が行われた夜からはすでに数日が経過している。なのに、彼への想《おも》いが冷める気配は一向にない。それどころか日を追うごとに、多田君という存在が私の中でものすごく大きくなってきていて、この気持ちをどう収めたらいいのかわからなくなってきた。

――また好きになるつもりなんか、なかったのになあ……

それは嘘じゃない。本当に、多田君の事を好きになる予定などなかった。

でも、まさか同級会に来てくれるなんて、まさか私と話してくれるなんて、まさか名刺をもらえるなんて……と、予定外のことが起こりまくった結果、こうなってしまった。

――誰かに相談したい……

一人で抱え込んでいるのがだんだんもどかしくなってきたので、美沙に相談しようとした。でも、山縣君と連絡先を交換して幸せそうな彼女に、複雑な心境を抱えた私の話を聞かせるのがなんとなく心苦しく思えて、彼女に連絡することができない。

好きだけど、相手は自分と住む世界が違いすぎる人。

その事実が、日を追うごとに重くのしかかってくるようになった。


「おっ、どうしたの海崎さん。浮かない顔して」

勤務中、先輩社員の飯野さんに声をかけられた。彼は得意先から戻ったところ、である。

「浮かないですか……そうですか……あの、あまり顔見ないでくれますか……」

手元にあったファイルで顔を隠す。そんな私を見て、飯野さんが怪訝《けげん》そうにする。

「ええ？　なんで？　あ、そういえばこの前同級会あるって言ってたよね。どうだった？　なんか、一人すごい人いるって言ってたけど、その人は来たの？」

「え、あー、はい。来ました……」

そうだった。飯野さんには同級生に多田君がいることを話してたんだっけ。

「道生工業の御曹司だっつったっけ？　今社長やってる……」

「はい。十何年ぶりに会いました。全然変わってないどころか、もともとドライ気味だったのがさらにドライになってました」

ドライなんだ、と小さく呟《つぶや》きながら、飯野さんが腕を組んで椅子に凭《もた》れた。

「なんか、あれかなあ……若いのに大企業のトップに立ってるってことは、それなりに威厳を保たないとやっていけないんかな？」

「威厳、ですか」

「だって考えてみなよ。自分よりも若いヤツが勤務先のトップだったらどうよ。ものすごく頭が切れてやり手で、威厳とか風格を兼ね備えたカリスマ、くらいの要素がないと、社員としては将来に不安を抱きそうだろ。俺の知り合いも道生にいるけど、あそこは創業一家が絶対的な権力を握ってるって言ってたもんなあ、そんなすごい家に生まれたら、あんまり羽目を外したりとかできないのかもな」

「そうなんですかねえ……」

口ではこう言いつつ、飯野さんの言う内容に納得してしまう。

規模の大きさは別として、勤務先の社長が自分より若い人だったらどうだろう。先代の娘、息子であるといった事情とは別に、経験不足は否めないので経営に関する不安はどうしたって抱きがちだ。でも、だからといって多田君がそのためだけにあれだけドライなのか、と問われたら、そうでもないような気がする。だって、多田君は昔からあんな感じだし。

「うーん、でも、その人昔からそういう人ですから。社長になったからってだけで、ドライに拍車がかかったんじゃないような気もします」

「そうなんだ。まあ、ああいう名家に生まれちゃうと、人格もそれなりというか。若くして社長やってるくらいだから、子どもの頃からそういう教育を受けてきたんだろうな。きっと俺たちみたいな一般人とは、比べものにならない苦労や努力をしてきたんじゃないのかな」

――比べものにならない苦労や努力……

この言葉が地味に刺さった。

「それは……あるかもです……」

中学時代の成績はずっとトップ。偏差値の高い高校に進学して、国内トップの国立大学に進学。卒業後は父親が社長を務める会社に入社し、順調にキャリアを積む。

絵に描いたようなエリート御曹司のコース。きっと、彼が進む未来は最初から決められたものだったのだろう。

自分のやりたいことも我慢して、親が敷いたレールの上を行く。多田君は、こういう人生についてなにも不満はなかったのかな。

――いや、あの多田君だよ？　気に入らないことがあれば、親だろうが誰だろうがズバッと物申しそうな気もするけれど。

その辺りに関しては、さすがに本人に聞いてみないとわからない。

「まあ、その点俺らは気楽でいいよね。仕事が自分に合わないと思えば辞められるし、キャラを作る必要もないんだし？」

「キャラ……ではないと思うんですけどね、その人」

中学時代から変わっていないんだから、あれがキャラだとは思えない。絶対にあれは、生まれ持った多田君の性格そのままなんだと思う。

なんだか気になって視線を落としていたら、飯野さんが声をかけてきた。

「道生工業のホームページに社長の写真載ってたよ。なかなかの男前だよね、海崎さんの同級生」

どうやら私が多田君の話をしたあと、飯野さんが道生工業について調べたらしい。

「な、なんでそんなところまで見てるんですか……」

「だって気になるじゃん。同僚の元同級生が大企業の社長だなんてさ。それに道生工業、業績もいいからどんどん事業も拡大してるし。工業用重機の製造分野だと、そのうち業界シェア一位に躍り出るんじゃないかって言われてる」

「そ、そうなんですか……すごいな」

素直にすごいと思うけど、正直別次元の話のような気がして、どこがどうすごいのかがよくわからない。

私がぽかーん、としていると、なぜか飯野さんがニヤニヤする。

「あ、海崎さんもしかして、道生の社長にお願いして転職しよう、とか考えてるんじゃないの～？」

「は⁉　そんなことあるわけないじゃないですか‼　やっと仕事にも慣れてきたのに、もう転職なんかしたくないんですから。変なこと言わないでください」

ムッとして言い返したら、飯野さんがごめん、と肩を竦《すく》めた。

「悪い悪い。でも、それだけ道生の社長と知り合いだなんて羨ましいと思ってさ。あそこの社長と普通に話せるって、それ、自慢できるぜ」

「自慢って。そんなことしませんよ……」

否定はしたけれど、なんだか飯野さんが言うことも分かる気がした。

彼が大企業の社長だから自慢……というわけではなく、昔から多田君って、彼自身は人を近づけさせないけれど、なぜか人を惹《ひ》きつけてやまない存在だった。

そんな人と同級生で、普通に話もできて名刺までもらった。

これってもしかしたら、本当にすごいことなのかもしれない、と。


飯野さんに多田君の会社を検索してみろと勧められたものの、最初はそんなこと調べてもなあと思っていた。

でも、ふと時間が空いたときに道生工業のホームページを見てみたら、飯野さんの言うとおり、多田君本人やお父さん、おじいさんらしき人の顔写真が出てきた。

お父さんもおじいさんも、多田君と顔の系統が似ているので、しばらく釘付けになってしまった。

——多田君はおじいさんに似てるのかなあ……

目が切れ長で、シュッとした顔立ち。写真だけ見ると、おじいさんもきっと若い頃は多田君みたいな顔立ちだったんだと思われる。

ぼーっと多田君のおじいさんの写真を見ながら、物思いにふける。数分後、自分はなにをやっているのかと我に返った。

「な、なにをしてるの私は……こんなんじゃ、諦めるどころかどんどん多田ワールドに浸っちゃうだけじゃない……‼」

浸っていいことがあるのならいくらでも浸れるが、そんなことあるわけない。今の状況では、多田君のことを知れば知るほど、どう考えても叶《かな》わぬ恋すぎて自分が悲しくなるだけだった。

数日後。あれから山縣君と連絡を取り合っているという美沙から、食事に行こうとメッセージが入った。

――あら、いいのかな。誘うのは私じゃなくて、山縣君では……？

少々疑問に思ったけれど、素直に誘ってもらえたことが嬉しかった。それに、多田君の事を相談したかったので早々に了解とメッセージを送った。

そして美沙と約束した当日の夜。仕事を終えて待ち合わせ場所の店に向かうと、美沙だけでなく山縣君もいた。

それを見た瞬間、いろいろなことを察知した。

「あー……なんだ、二人、もうそういうことになってたんだ……」

探りつつ美沙と山縣君を交互に見ていると、二人がちょっと慌てたように違う違う‼　と否定した。

「そういうんじゃなくて！　ふっ……普通に友達だから！　飲み友達なのよ」

まだ慌てている美沙の説明に、山縣君が冷静に頷《うなず》く。

「そうそう。決して怪しい関係ではありませんので」

「怪しいってなによ。……まあ、いいや。それよりもお店に入ろうか？」

予約をした店に入り、店員さんの指示に従い中に進む。ここはビルの一階にある洋風居酒屋で、私達は店の奥にあるテーブル席に通された。

店内は少し暗めの照明がムーディーで、カップルや大人の女性数名での集まりが多く、大人の空間といった感じだ。

普段飲みに行くとなるとこういう店よりも、がっつりご飯を食べられる店やチェーン店の居酒屋が多いという山縣君が、店内を見回し何度も「お洒落だなー」と呟いているのがおかしかった。

料理も洋食がメインで、女性が喜びそうなデザートが豊富だった。ちなみにこの店を予約したのは美沙だ。

「美沙、よくこんなお洒落なところ知ってたね。来たことあるの？」

「知り合いがねー。この前来てよかったって話してたの。だから、今度飲むことがあれば絶対ここって決めてたんだ」

ふふ、と美沙が微笑む。今夜の美沙はこの前よりもナチュラルメイク。だけどセミロングの髪は軽く巻いていて、仕事帰りでも手を抜くことなくやっぱりお洒落だった。対する私の髪型はいつものボブスタイル。メイクも普段通りナチュラル、である。

適当に料理を頼んで、三人でシェアすることにした。オムライスやフライドポテト、チキンの唐揚げにビーフシチュー、牡蠣《かき》のアヒージョなど、お腹が空いていたこともあり三人とも最初は食べることに夢中だった。

これが美味しい、これもいけると、どんどん食べ進めてお腹が満たされた。そこでようやく、この前の同級会の話になった。

「……にしてもさあ。俺は、多田があんなに海崎さんと話をすると思ってなかったんだよね」

急に山縣君の口から多田君と私の名前が出てきたので、夢中になってフライドポテトを食べていた手が止まってしまう。

「えっ。なに急に。びっくりしたんだけど」

「いや、だからさあ……多田って、昔からああいうヤツじゃん。自分から女子に話しかけたりとかしないし、むしろ近づく女子をちぎっては投げ、ってやってたヤツだからさあ……俺は、結構嬉しかったんだよね。多田が海崎さんと普通に話してたてさ」

どうやら山縣君は、食事前に乾杯したときにビールを一気飲みしたせいで酔っ払ったらしい。ところどころ呂律《ろれつ》が回っていない。

それに多田君は、女子をちぎって投げたりはしていない……と思う。

「なに、山縣。君は多田君のお兄さんかなにかかい」

クスクスしながら美沙が二杯目のレモンサワーを飲む。しかし、この美沙の一言に山縣君が食いついた。

「そう、お兄さん‼　多田ってお兄さんいるの知ってた？」

「え。そうなの？　知らないけど……」

心の中で美沙に同意だった。

めちゃくちゃしっかりしてるし、今現在自分の父親から引き継いで社長をしているし、てっきり長男だと思っていた。

――お兄さん、いるんだ？

「いるんだ、これが。でも、多田の兄ちゃんは大学進学と同時に家を出ちゃったらしくてさ。だから多田が家業を継ぐことになったんだよ」

「うっそ。じゃあ、お兄さんて今なにしてるの？」

美沙が話題に食いつき、身を乗り出した。

「俺も詳しくは知らなくて。でもこの前多田に聞いたら、兄は友人達と会社を立ち上げてその会社で役員をやっていると。それにお兄さんはもう結婚してお子さんもいるとかで、幸せそうだよって、あいつにしては珍しく目尻下げて話してくれたんだよ。意外だったな」

「え……目尻を下げてる多田君、見てみたい……」

ごくりと喉を鳴らす美沙の隣で、私も心の中で激しく同意した。

この前少しだけ多田君が笑ったところを見たけど、あれはすごい。女性のハートを打ち抜けるだけの威力は十分備わっていると思う。

「お兄さんとの確執とか、そういうのはないみたいで。俺としてはホッとしたんだけどさ。でも、その分、親の期待とか、跡目問題とかが全部あいつにのしかかってたわけだろ。プレッシャー半端ないよなって」

「……それ、多田君が言ってたの？」

なんとなく気になったので、山縣君の話に割り込んだ。でも、山縣君が首を横に振ったので、彼自身がそう言ったわけではないようだ。

「あいつほとんど自分の気持ちとか話さないから、わかんないんだよね。でも、めちゃくちゃ頑張ってるのは知ってる。普段も睡眠時間三時間くらいだっていうし」

「さ、三時間⁉」

レモンサワーを飲んでいた美沙が噴き出しそうになっていた。

「らしいよ。あいつ涼しい顔でそう言ってた。ちゃんと飯食ってんのか、って聞いたら、まあ、それなりに。って、適当にかわされた気がする。あの様子じゃ、自分の事なんか二の次で仕事ばっかしてるぞ、あいつ」

困り顔で前髪をぐしゃぐしゃしている山縣君は、心底多田君のことを心配しているように見えた。

さっきは否定してたけど、本当に多田君のお兄さんみたいだ。

「ねえ、もしかして、それで多田君を同級会に誘ったの？」

美沙が山縣君に尋ねた。

「ん？　ああ、まあ……たまには気分転換したほうがいいんじゃないかって思ったんだ。一回誘ったくらいじゃあいつ絶対来ないから、結構しつこくしちゃってそこは申し訳なかったけどさ……でも、仕事ばっかじゃ息詰まるだろ」

「へえ。山縣、いいとこあるじゃん」

美沙がなんだか嬉しそうに、山縣君に向かってレモンサワーのグラスを掲げている。山縣君は一応それに応えるようにグラスを合わせていたけど、彼はもう酔っ払いすぎてお酒は飲めないようだ。

「……私、多田君に聞いたけど。彼、一人で暮らしてるんだって。てっきりお手伝いさんとかいるとばかり思ってたんだけど……意外だった」

ぼそっとあの夜本人から聞いたことを明かす。

「ああ、うん……そうらしいな。食生活とかどうしてんのか全然わかんないんだけどさ。でも、仕事してれば秘書とか、身近に誰かいるだろうし食事の心配はしてないけど」

「彼女とかいないのかなあ？　いれば、甲斐甲斐《かいがい》しく世話してくれそうなのにね」

彼女。

美沙が口にしたことに、軽く衝撃を受ける私がいた。

――そういえば、多田君、彼女がいない、とは言っていなかった……

もしかしたら身の回りの世話をしてくれる彼女がいるのかも。だから部屋に他人が入るのは好きじゃない、って言ってたのでは……

それを考え出したら、自分でもびっくりするくらい凹《へこ》んだ。そりゃ、あんなに格好いいんだもの、

多田君に女性の影があっても全然おかしくない。

「……い、いるんじゃない……だって、あんなにイケメンで、社長さんなんだよ？　いないほうがおかしくないかな……」

「ん？　和可、どうした。なんか声に元気がないけど」

「なんでもないです……私に構わず二人、喋って……」

一人で落ち込んでいる私の横で、美沙と山縣君が話を続ける。

「いや、いないと思うぞ。同級会に誘うとき合コンも誘ったけど、そういうのは結構、って冷たくあしらわれてさ。なんだ、彼女いるのかって聞いたら、はっきり『いない』って言ってたし」

――えっ。本当……？

山縣君の一言で途端に元気になる私。とてもわかりやすい。

「まあでも、心配は心配なんだよな。俺、中三のとき多田に勉強を強引に教えてもらったお陰で、第一志望の高校に入れたんだよ。あいつ、なんだかんだいって教え方が上手くて面倒見がいいんだ。あいつが教えてくれなかったら多分、今の俺はない。だから勝手に恩義を感じてるんだわ」

「へえ……そんなことがあったのね。知らなかった」

私も知らなかった。多田君、塩対応なのに誰も知らないところでそんなことを……

――やっぱり、多田君って根はすごくいい人なんじゃないかなあ……

塩対応な理由は分からないけど、それが多田君という生き物だと考えれば理解できる。

「山縣が電話かけてやればいいじゃない。連絡先知ってるんでしょ？」

「電話番号だけな。でも、俺が電話したってあいつ三回に一回くらいしか出てくんないからな……」

山縣君が悲しそうに項垂れる。

きっとそれは山縣君が嫌いとかではなく、多田君が忙しいだけなのでは？　と思ったけれど、口に出すタイミングを見誤ってしまい、言えなかった。

項垂れる山縣君に美沙が話しかける。

「他に多田君の連絡先知ってる子はいないの？　同級会のとき名刺もらってたりとか……」

――え。名刺。

名刺と聞き、一人でドキッとする。

「いやあ……あいつ、何人かの女子が強引に名刺渡してたけど、自分のは持ってないって言って渡してなかったよ」

「……え？　渡してない？」

思わず顔を上げて山縣君を見る。

ちょっと、今の言葉。聞き捨てならない。

「うん。めっちゃ欲しがってたヤツもいたけどな。どんなにくれくれ言われても『ないから』の一点張りだった」

ぽかん、としている私の肩を、美沙がポンポンと叩く。

「おーい、どうした？　酔っちゃった？」

「あ、ううん、大丈夫……酔ってない。そうなんだ……」

ここで自分は多田君から名刺をもらったという事実を、二人に話していいものか悩んだ。

多田君になにか意図があったわけじゃないかもしれない。たまたまタクシーに同乗したことがきっかけだったのかもしれないし。

でも、もしそうでなかったら？　多田君に、なんらかの意図があったとしたら……

「あれ？　和可、さっきより顔赤いね。やっぱり酔ったんじゃないの？　お水もらう？」

美沙が心配そうに顔を覗き込んでくる。

「ううん、大丈夫……私、ちょっと外の空気に当たってこようかな。顔が熱くって」

手でパタパタと顔を仰ぎながら席を立った。

店の外に出て、歩道に置かれたベンチに腰を下ろした。

あの場から逃げる為の嘘というか誤魔化《ごまか》しではなく、本当に顔が熱い。

こんなふうになってしまったのは、もし多田君になにか意図があって私に名刺をくれたのならその意図はもしかして……と、自分に都合よく考えてしまったからだ。

——そんな、私にとって都合のいい展開になんかなるわけないのに……

頭では分かっている。

これはあくまで私の願望で、名刺をくれた理由なんか、他にいくらでもあるに決まってる。

でもちょっとだけ……期待してもいいかな。

多田君を思い、しばらくの間ティーンの頃のようにドキドキしてしまった。

飲み会を終え、山縣君と美沙と別れた。

結局多田君に名刺をもらったことは二人に話せなかった。一瞬話そうかなと思ったときもあったけど、なぜか言えなかった。でも、今は名刺より多田君本人だ。

――そうだった。名刺のことなんかより、今はそっちだった。

連絡か。どうしようかな。

ぐるぐる考えながら帰りの電車に乗り込んだ。

連絡してみてもいいけれど、もし山縣君みたいに出てもらえなかったら地味に凹みそうだし。

とりあえず今夜はもう遅い。電話するにしても、明日以降にしようと決めた。


翌日。仕事を定時で終えた私は、はやる気持ちを抑えながら帰路に就く。

今夜多田君に電話をすることは朝から決めていたけれど、家に帰るまで待ちきれない。駅に向かう道を歩きながら、この前多田君に電話をかけた履歴を表示させ、通話をタップする。

今の時刻は夕方六時を十分くらい過ぎたところだ。多田君の会社の終業時間はよくわからないが、とりあえずかけるだけかけてみる。

――難しいかな……

彼が出てくれればいいな、と祈る。三、四、とコール音が鳴り続け、私の中に諦めに近い感情が生まれたとき。電話が通じた。

『はい』

低くて、短い受け答え。

あまりにも多田君らしくて、つい笑ってしまいそうになる。

「た……多田君？　海崎ですけど」

『はい。知ってる』

間違いなく多田君だ。

「電話しちゃってごめん。まだ仕事中だったかな。忙しければまた今度でも……」

『いや、大丈夫。それよりどうした？　なんかあったの』

そうだ。そもそも、なにか困ったことがあったら相談に乗ると言われていたんだった。

私が電話をかけたことで、そういう事態に陥っていると彼が思うのは無理もない。

「そうじゃないんだけど。あの、実は昨日、美沙と山縣君と飲みに行ったの。そのときに、山縣君が多田君のことを心配してたから……」

『心配って、なんの？』

「す……睡眠時間三時間？　とか……ちゃんと飯食ってんのかなって……。それ聞いて、私もちょっと心配になっちゃって。それで電話しただけなの。……迷惑だったらごめん」

話しているうちに、余計なお世話かもしれないと思ってしまった。

多田君には多田君の生活スタイルがある。それを、元同級生というだけの私に、口出しする権利なんかないから。

『……』

案の定、多田君が無言になってしまった。

――まずった、かもしれない……多田君の気分を害してしまったらどうしよう……

機嫌悪そうだったら、もうさっさと「なんでもないでーす」と誤魔化して電話を切って家に帰ろう。

そうしよう。

「ごめん、やっぱりなんでもな……」

『海崎さんは今、なにしてるの』

「へっ……？　今は、仕事帰りだけど」

『時間ある？』

「帰宅するだけだから、あるけど」

『じゃあ、飯付き合ってくれる？』

多田君の発言に、無意識のうちに立ち止まっていた。

――えっ……!?　い、いいい今、多田君が飯に付き合えって……

「わ、私!?　私を誘ってくれたの？」

『……他に誰がいるの。電話の相手、海崎さんでしょう……』

呆《あき》れ声の多田君に、思わず折り目正しく頭を下げてしまった。そのせいで、通りすがりのサラリーマンがビクッと驚いていた。驚かせてごめんなさい。

――う……嘘でしょ⁉　多田君が私を誘ってくれるなんて……‼

「私でよければ、喜んで……‼」

『これから迎えに行く。今、どこにいる？』

現在私がいるのは、最寄り駅まであと百メートルくらいの場所。それを多田君に説明したら、車で行くからその場所で待っていてくれと言われた。

「は、はい。じゃあ、お待ちしてます……」

『はい』

通話が切れた。あっさりした内容だったけど、私は多田君が電話に出てくれたこと、食事に誘ってくれたことですっかり夢見心地になっていた。

――これは、夢……⁉

周りに誰も人がいなければ、自分の顔を思いきりつねっていたかもしれない。それくらい、私にとってはすごい出来事だ。

あの多田君と、二人で食事に行く日が来ようとは……

確か多田君はその場所なら三十分もあれば行ける、と言っていたような気がする。三十分あれば、普通はどこかで時間を潰すことも考える。でも私は他の場所で時間をつぶすのではなく、忠犬のようにその場で待つことにした。

というか、多田君が来てくれることを考えたら気もそぞろで、どの店に入ったって落ち着かなくて買い物どころじゃないから。

――はあ……私、どんだけ多田君のこと好きなんだよ……

こんなのもう、好きしかない。いや、めちゃくちゃ好きじゃないか。下手したら中学生の頃より好きかも。

ドキドキする胸に手を当てる。こんなにドキドキしてたら、多田君と会った瞬間に胸が破裂してしまうかもしれない。私、大丈夫かしら……

真剣に命の心配をし始めたとき。どうやら多田君との通話から二十分程が経過していたらしく、私の目の前に一台の白い車が道路に横付けする形で停まった。

助手席の窓が開き、多田君の顔が見えた。

「乗って」

「は、はい！」

急いで運転席に座っている多田君の隣に滑り込んだ。私が乗り込んだのを確認してから、多田君は無言で車を発進させた。

「もしかして、あそこでずっと待ってた？」

「え？　あ、うん……どこかに行ってもすることないから……」

「待たせて悪かった。急いだけど、やっぱり二十分はかかってしまった」

いや、三十分かかるところを二十分で来てくれたんだから、全然いいっていうか……むしろ、そんなに急がせてこっちが申し訳ない、と思った。

「とんでもないです。急いで来てくれてありがとう……あの、それで。なんで私を誘ってくれたの？」

多田君が、ちらりと私に視線を寄越《よこ》す。

「飯食ってるか気にしてたから。目の前で食べたら安心するかなと思って」

「……………あ、そういう……理由でしたか……」

心配しているのなら、実際に食べているところを見せればいい。

多田君の考えは実にわかりやすい。わかりやすいけれど、少しだけ寂しい。

――で、でも!!　一緒に食事に行けるだけ私はラッキー!!

すぐに考え方をポジティブに変換した。そうだ、誘ってもらえただけ、私は幸運なのだ。

「それで、俺が行きたいところに行くけど。いい？」

「あ、うん。大丈夫！　食べられないものとかなにもないし」

「そう？　よかった」

多田君が行きたいところってどこだろう。

――御曹司が食べたいものって、一般庶民とは違うものなのかな……？　かといって、私あんまり高級なものとかは食べ慣れてないから、逆にどうしていいか……マナーとかも分かっているようで分かっていないかもしれないし……

悶々としていると、多田君が町の中心部から少し離れたとあるチェーン店に車を停めた。

ここは、全国チェーンの牛丼店である。

——おっ⁉　牛丼……？

意外だな、と思いながら車庫入れをしている彼を眺める。好きだからかもしれないけど、スムーズに車庫入れをする多田君が死ぬほどかっこいい。

——車庫入れする姿だけでこんなにときめくことができるなんて。私ったら、なんてお手軽な女なんだろう……

心の中で苦笑いをしていると、多田君が車から降りた。それを見て慌てて私も車から降り、彼の後を追いかけた。

「海崎さんは？」

店の中に入ったあと、券売機の前で多田君にどれにするかを聞かれた。

初めてこういう店に来た場合は戸惑うかもしれないが、実は私、結構こういう店にはよく来る。一人でしこたまお肉が食べたい。二十代の女子にだって、そういうときはあるのだ。

「並で。あと、温玉追加で」

「慣れてるね。じゃ、先にどうぞ」

多田君に勧められ、それぞれのボタンを押して食券を取る。多田君も並盛りと、お味噌汁《みそしる》を注文していた。

カウンターに腰を下ろし、食券を店員さんに渡す。セルフで注ぐお水を自分の前と、多田君の前に置いた。

「ありがとう」

「いえ。それより、多田君並盛りで足りるの？　並って、私と一緒だよ……」

身長が百六十センチにギリギリ満たない私と、どうみても百八十はある高身長の多田君が食べる量が一緒だなんて、どうしても納得いかなかった。

でも多田君は、この質問に対してなぜか可笑《おか》しそうに肩を震わせていた。

「海崎さんが気にするのはそこなんだ」

「……他に気にするようなところ、なんかある……？」

真顔で首を傾げると、多田君が優しく微笑んだ。彼のこんな顔、初めて見た。

「いや、たいしたことじゃない。量は足りる。その他に関してはあとで話す」

多田君がこう言って、視線を前に戻した。

ここでは言いにくいことなのだろうか、と考えている最中、早速目の前に注文した牛丼が置かれた。できたてほやほやで、湯気が上がっている牛丼を前にすると、いくら好きな人が隣にいてもやはり食欲をそそる。

「わ、美味しそう……！」

多田君のは？　と彼の牛丼にも視線を送ると、すでに箸を手にしていた多田君が、そのまま手を合わせて「いただきます」をしていた。

「あ、じゃ、私も……いただきます」

彼に倣って手を合わせて、早速牛丼をいただく。口に運んだ牛丼は、いつもと変わらぬ美味しさ。だけど、今日は隣に多田君がいる分、なんだかより一層美味しく感じた。

それにしても、まさか多田君とこうして隣同士並んで一緒に牛丼を食べる日が来ようとは。

ほんと、人生ってなにが起こるかわからないものだな。

丼の半分くらいがなくなるまで、私達は無言だった。でも、途中くらいからなんか、これじゃあよっぽどお腹が空いていた二人みたいだと気付き、おもいきって多田君に話しかけてみた。

「多田君ってさあ……」

「はい」

お互いを見ないまま、話を続けた。

「考えてることがわかりにくいって言われない？」

「言われる」

意外にも即答だった。こんなに早く肯定されると、それはそれで返す言葉に困る。

「そ……それならば、もっと表情に出すとかすればいいのでは……？」

「海崎さんさ」

食べる手を止めた多田君が、体を私に向けた。

「は、はい？」

「もし俺がもっと喜怒哀楽をはっきり顔に出したら、どう思う？」

「えー？　いいんじゃないかな。今より全然親近感が湧きそうだと思うけど……」

特に深く考えずにこう言った。でも、話している途中くらいから、なにかに気付く。

――ちょっと待て。親近感と多田君って、なんか違和感ありあり……？

多分、彼は私の表情でいろいろ察知したのだと思う。

「親近感湧いてほしい？　本気でそう思う？　俺が喜怒哀楽をはっきりさせたら、もはやそれは俺ではない。どっちかというと、山縣だ」

言われた瞬間、この前の山縣君を思い出した。

くるくると表情を変えて、時にオーバーリアクションで周りを楽しませる男。それが山縣君だ。

自分で言っといて否定するのも変な話だけど、確かにもっと感情をはっきり表に出したら、それは多田君じゃない。

「確かに……！　多田君じゃないね……」

納得する私を見て、ほんのり口元を緩ませたあと。多田君が再び箸を手に取った。

「なんで海崎さんは俺のことをよく分かってるんだろう」

「え」

呟きに反応して多田君を見るけど、彼は私を見ない。独り言だったのかもしれない。

――よく分かってる、ってそんなの。理由は一つしかないでしょう……？

多田君のことが好きで、中学時代はよく目で追っていたからだ。

十数年のブランクはあるけれど、この人を好きだったときの気持ちは不思議とすぐに蘇ってきた。

自分でも驚いたけど、それだけ多田君のことが好きだったのかもしれない。でも、今、それを口にするつもりはない。

――だって、せっかくこうして一緒に食事したりする仲になれたのに、好きだなんて言ったら多田君のことだ。きっと警戒して、もう二人でなんか会ってくれなくなりそう。

異性のことを好きだと自覚して、すぐに気持ちを伝えたくなる人は多いと思う。でも、私はどちらかというと思いを秘めるタイプなのだ。

今の関係が壊れてしまうくらいなら、気持ちは言わない。このままでいい。

聞かれたわけじゃないので、さっきの呟きには答えなかった。

牛丼を綺麗に完食して、多田君はお味噌汁も完食。

「ご馳走《ちそう》さまでした～！　美味しかった！」

「じゃあ、行こうか」

ガタッと多田君が席を立ったので、私も荷物を持って立ち上がった。

まっすぐに車へ戻る多田君は歩くのも早い。小走りで追いかけて助手席に乗り込んだ。

「意外だったな」

「え？」

バッグを膝の上に乗せ、のど飴《あめ》を取ろうとバッグの中を漁《あさ》っているときだった。

「チェーンの牛丼屋に来て、不機嫌にならなかった女性は海崎さんが初だ」

私が初だと言われて、単純な私は素直に嬉しかった。――が。すぐにその言葉に隠された意味が気になった。

「……そ、それは……どういう……」

多田君がシフトレバーを掴み、ドライブに入れた。

「そのままの意味だよ。君以外の女性は俺がこういう店を選ぶと大体、怒って帰る」

――それって、つまり、多田君みたいな人に誘われたからには、もっとすごい店に連れて行ってもらえるって期待してたってことかなあ……

「もしかして多田君は、わざと私をここに連れてきたの？　その人達と同じように怒ると思って……？」

「違う」

否定が早かった。

「普段の生活を見せただけだ。社長だからっていつも高級なものばかり食べてるわけじゃない。よほどの記念日ならいざ知らず、空き時間にスピード重視で食事をしたいのなら、こういう店か、デリバリーだ。ということを伝えたかった」

「てことは、彼女さんと記念日の食事は、いいお店に連れて行ったりしてあげたんでしょう？」

「……さあ。どうだろうね」

　はぐらかされた。

「とにかく、食事をしている姿は見せた。これで安心した？」

「ん？　ああ、うん……ちゃんと食べてるようで安心したよ」

「君は、俺の母親か」

　多田君が前を向いたまま苦笑する。

「そうじゃないけどさ……忙しくってあんまり寝てない、それに身の回りの世話をしてくれる人もいないって聞いたら、どうしたって心配になるじゃない」

「なんで心配なの」

　聞かれたくないことを直球で聞かれてしまう。

　弾かれたように多田君を見るけど、彼の表情に変化はない。

「なんでって、それは……元同級生のよしみ、というか……たまたま聞いちゃったんだもの、仕方ないじゃない。私も余計なお世話だと思うけど、気になっちゃって……」

「へえ」

そのまましばらくお互い無言になった。

気になるなんて言ってしまったけれど、これってある意味、多田君のことを異性として意識してます。と白状してしまったも同然のような……

——いやでも、元同級生だから気になるっていうのも本当だし。これはあくまで、友人として心配していたってことで押し通せば……

何気なくちらっと多田君を見る。しかし、なぜか同じタイミングで多田君もこっちに視線を送ってきた。

「な……なに？」

「いや。なんか、困ってるなあって思って」

「困ってなんかないって。だ、だったら、聞かないでよ……」

「そうだね。俺が悪かった」

あっさり謝られてしまい、ポカンとした。

多田君が謝ってくるなんて珍しい。謝られてしまうと、それ以上はなにも言えなくなってしまう。

この話題はもう終わりでいいや。

「そ、それよりも、今はどこに向かってるの？」

「海崎さんのアパートの近くへ。この前、タクシーから降りたところでいい？」

「えっ⁉　い、いいの？　多田君忙しいんじゃ……」

「……まさか、元の場所で降ろされると思ってた？　いくらなんでも、そんな酷《ひど》いことはしないよ」

さっきよりもワントーン声が低い。ムッとさせたかもしれないと思い、背筋が伸びた。

「いや、そういうんじゃないけど。多田君、きっとこの後も仕事に戻るんだと思ってたからさ」

「まあ、実際仕事には戻るけどね」

やっぱり。

「あの……多田君って、本当に睡眠時間三時間とかなの？　それって毎日？」

さっきこの話題はもういいやって思ったのに、結局気になってまた聞いてしまった。

この質問に対し、多田君が少し考えるような仕草をした。

「確かに睡眠時間は短いかもしれないけど、毎日ってこともない。休みはほぼベッドの上でダラダラしてるし」

「そうなんだ……それ聞いてちょっと安心した」

さすがに毎日が激務だとしたら、本気で体の心配をするところだった。

でも、大企業の社長さんなんだし、健康診断とかはちゃんと受けてるんだよね？

そう思うことにしておこう。

「本当に海崎さんは心配性だな」

くくっ、と笑いを漏らす多田君に、笑い事じゃないよと言いかけて、やめた。

「……別に、どうでもいい人のことなんか心配しないよ……」

何気なく呟いたこの一言に、多田君は素早く反応する。

「……へえ。じゃあ、俺は海崎さんにとってどうでもいい人間じゃないんだ？」

指摘されてドキッとするけど、彼は恋愛に絡めて言っているわけじゃない。

ただ単に、人としてどうでもいいと思っていない。ということを説明すれば、きっと納得してくれるはず。

「そりゃあ、まあ……中学時代を同じ学《まな》び舎《や》で過ごした仲間だし……」

「そうか。確かにそうだね。でも、そんなこと言っていいの？　海崎さん」

「え……？」

なにか含みのある言い方が引っかかった。

どういう意味？　という思いを込めて彼を見つめるが、その彼の口からはなんの説明もない。

ただ、いきなり車が幹線道路を外れて、車通りの少ない道を進み始めた。

「……？　この道だと遠回りじゃ……」

「ごめんね。ちょっとだけ付き合ってくれる？　すぐ終わるから」

――付き合う……？　なにに？　これは一体、どういう展開……⁇

困惑する私を置き去りに、多田君が運転する車はどんどん人気のない道を進み、とある大きな公園の駐車場に入った。

まさか腹ごなしに、夜の散歩をするとか⁇

「多田君、なんで公園……？　散歩でもするの？」

「したかったらするけど。でも残念ながらそうじゃない。少しだけ車を停めて海崎さんと話がしたかっただけで」

「話……？」

なにを言われるのだろうと身構える。

別に、彼を怒らせるようなことはこれといってしていないはず。……いや、もしかしたら心配されることがうざかったのかもしれない。

――仕方ない。なにか言われたら、素直に謝ろう……

意を決して太股の上で拳を握りしめた。

車を駐車スペースに停め、シフトレバーをパーキングに入れた多田君が、ふうっと息をついた。

「海崎さんは、俺のことをどう思ってるのかな」

いきなり直球がきた。

一瞬焦ったけど、きっと私が多田君に惚《ほ》れていることは気付いていない……はず。

ならば、当たり障りのない返答で問題ないだろう。

「どうって、だからさっき説明したとおりだよ。大事な……友達……」

頭に浮かんできた模範解答を言おうとした。でも、それに対してすぐに彼が物申してくる。

「その友達って、記憶の中ではまだ中学生でしょう？　現実はあれから十四年近く経過している。お互いアラサーのいい大人だ」

「そう、ですね……」

もっともすぎてなにも言えない。

「海崎さん、もしかして俺以外の男にもこうやって心配したりする？」

急に思ってもみないことを聞かれて、ギョッとする。

そんなことあるわけない。……いや、そりゃ仲がいい人なら心配するかもしれないけど、誰彼構わず心配して世話を焼いたりなんかしない。

「しないよ！　た、多田君だから心配だっただけで……」

思っている事をはっきり伝えたのに、なぜか多田君の表情が曇る。ハンドルを掴んだまま、なにかもどかしそうに唇を噛《か》んでいた。

「……あのさ」

「はい……」

「あんまり軽々しく、男に心配だとか言わない方がいい」

なんだか多田君の表情が険しい。

「ど……どうして？」

「まだわからないの」

多田君が運転席から助手席側にぐっと身を乗り出してきた。助手席のヘッドレストに腕を当て、なぜか私に圧をかけてくる。

「男ってのは単純な生き物だからね。心配してるなんて言われたら、相手が自分に好意を寄せていると勘違いすることがある」

すぐ目の前に多田君の顔。美しい多田君の顔が。

忠告されているというのに、彼の顔が近くにあるという理由で内容が全然頭に入ってこない。

それどころかドキドキして、口の中がカラカラになりそうだった。

「……っ、それは……多田君でも勘違い、するの……？」

多田君が目を細めた。

「海崎さんはどう思う？」

──どう思うって……そんなの……

「勘違い……してほしい……」

彼の目を見つめていたら、思っていたことが口から出てしまった。

こんなことを言って嫌われたらどうしよう。バカだな、って笑われるかな。

後悔が頭を掠《かす》めたけど、彼の反応は思っていたのとだいぶ違っていた。

私の返答に一瞬だけ彼の瞳が揺れたのはわかった。でも、顔が近づいてきて反射的に目を閉じてしまったので、そのあとのことはわからない。

わかるのは、彼の唇が冷たいということだけだ。

軽くぶつかるように触れた唇から、すぐに舌が差し込まれた。それに驚いて頭が真っ白になってしまう。

——う、嘘……今、私は多田君となにをして……

まだ多田君と自分がキスをしているという現実が受け入れられずにいる。でも、そんな私に構うことなく、彼はキスを続けた。

「……っ、は、んっ……」

隙間で呼吸をしながら、なんとか彼のキスに応えた。

戸惑いはしたけれど、それよりも興奮の方が圧倒的に強い。

多田君とキスをするなんて夢のような出来事で、自分から止めたいとは微塵《みじん》も思わなかった。

——すご……これが、多田君のキス……？

キスの経験は辛《かろ》うじてある。専門学校生時代に仲良くなった男性と、お酒を飲んだ勢いでキスをしたのがファーストキスだった。でも、その子とはとくに恋愛関係に発展することもなく、友達で終わってしまった。

でも、多田君のキスはあの男性としたキスと比べるレベルにない。

なんというか、私の魂ごと吸い取られてしまいそうな激しいキス。多分立っていたら腰から砕け落ちていたと思う。それくらい、腰がビリビリした。

舌を絡められて吸われて、唇を甘噛みされる。終わったのかと思ったらまた唇が重なって、何度も

何度も唇を押しつけられ、また舌を吸われ……キスだけで濡《ぬ》れた。

気が付いたら彼の唇が離れていた。それを頭のどこかでちょっと寂しいと思っている自分がいる。

「……大丈夫？」

「だい……じょうぶ……」

軽く呼吸を整えながら、多田君を見る。少しだけ私を心配そうに見つめていた彼が、一息ついて運転席に戻っていった。

「結局なにが言いたかったのか、わかんなかったかもしれないけど。ていうか、俺がいけないんだけど」

「……か、勘違いさせるような言動は慎め、ということですね……すみません……」

どんな顔で多田君を見たらいいかわからない。口元を手で押さえたまま、目線を窓の外に投げた。

でも、私が言ったことに対しての多田君からの返事はなかった。

結局なんでキスをしたのか。そこだけが謎となって私の中に残った。

家まであと少し、というところまで車がさしかかったとき。

多田君になにか言い残したことはないかと必死で頭を働かせる。

その結果、辛うじて私が言えたのは。

「あの……また連絡してもいいかな」

多田君が一瞬だけこちらに視線を送ってきた。

「飯食えって？」

「それもあるけど、それだけじゃなくて……どうしてるか気になるから……あ、もちろん、毎日とかじゃないから！　多田君が嫌がるようなことはしないようにするから……」

仕事の邪魔にはなりたくない。そう思っていた。でも。

「いいよ」

「えっ。いいの？」

「いいよ。海崎さんならいつでも。山縣はダメだけど」

なぜここで山縣君が出てくるのか。笑いがこみ上げてきて、噴き出してしまった。

「山縣君……多田君のこと心配してたのに……」

「あいつは声がでかすぎる。話したことがすぐ周りにバレるから面倒くさい」

「あっは！　確かに」

元気いっぱいなのは山縣君のいいところでもあるのだが、多田君はこう思っていたのか。

――山縣君ごめん。笑っちゃった……

笑っていたらいつの間にか家のすぐ側まで来ていた。多田君に車を停めやすい場所を案内して、そこで降ろしてもらった。

「じゃ」

「うん……ご飯、誘ってくれてありがとう」

「どういたしまして」

まるでキスしたことが夢だったかのように、普通にさよならをした。もちろん次に会う約束もしていない。

彼に手を振って見送り、車が見えなくなってから振り返って歩き始めた。でも、なんだか足に力が入らなくて、トランポリンの上を歩いているような不思議な感覚のまま家に向かった。

とにかく今夜は、彼とキスをしたという事実だけで頭がいっぱい。それ以外のことを考える余裕などなかった。

だからどうやって家に入ったかなど覚えていない。気がついたら自分の部屋にいて、ぼーっと空を見つめながら多田君とのキスを思い返していた。

第三章　多田君の部屋

多田君とキスをした。

その事実と映像が、あの日から数日経《た》った今でも私の中でリアルに再生されている。

多田君の吐息や舌使い。それと唇の感触まではっきりと記憶しちゃってる私って、ちょっと変態なのかもしれない。

――なんだかもう、多田君のことが好きになりすぎてて自分でも怖い……！

果たして私はどこまで彼の事を好きになるのか。そして、いざ諦めなければいけないとなったとき、諦めることはできるのだろうか。

すっかり叶わぬ恋だと決めつけているが、なんせ相手は多田君なのだ。ハイスペにも程がある多田君と結ばれるなどと、普通は考えられないだろう。

「だって、御曹司だよ？　絶対子どもの頃から親が決めた許嫁《いいなずけ》とかいそうでしょ？」

「いやいやいや、いつの時代だよ……」

一人で抱えきれなくなった私は、たまたま美沙からご飯の誘いがあったのをこれ幸いと、彼女に今の気持ちを吐き出したのである。

私が多田君を好きになったこと、実は学生時代も多田君の事が好きだったという事実を彼女に打ち明けると、美沙は目を大きく見開きつつ、納得するように何度か頷いていた。

「あー……そういえば中学時代、和可から恋バナがひとっつも出なかったのは、そういうことだったのか……」

「まあね。私は多田君に告白するつもりは一切なかったし。ただ彼を見ていられたらよかったというか……学力の差がありすぎて高校だって絶対違うってわかってたんで」

「諦めのいい女だなあ」

美沙がクスッとする。

「いや、だって中学時代の恋って一時的じゃない？　実際うちのクラスにいたカップルって、皆その後別れてるでしょ。よほどお互いの気持ちが強いカップル以外は環境の変化で気持ちも離れやすい……って、どっかの誰かが言ってたか、なにかで見たよ。だから告白しなかったのは正解だと思ってる」

実際、同級会に参加しなかった人達の中には、そういった事情で来なかった人もいるらしい。

当時付き合っていた男子や女子とあまりよくない別れ方をしたので顔を合わせたくない。もしくは恋のライバルとして男子を取り合った相手がクラス内にいる、とか……

そういった事情に疎い私は全然知らなかったのだが、あとから詳しい人に聞いて「あの人とあの人がそんなことに……‼」と衝撃を受けたのはつい最近のことである。

「……でも、今は昔とは比べものにならないくらい好きになっちゃった……ど、どうしたらいいと思う？」

美沙がここで夕飯食べようよ、と私を誘ってくれたのは、女性に人気があるお洒落なダイニングカフェだ。店内は白を基調としていて、昼間は清潔感のあるカフェ。夜になるとオレンジ色の照明に照らされて、少しムーディな大人の雰囲気に変化する。

その店の真ん中辺りにある四人掛けのテーブル席で、私と美沙はお互いに注文したパスタを食べ終え、今度はカクテルを飲みながら恋バナにふけっていた。

今夜は山縣君もいない。だからこの前は話せなかったことも思いきって彼女に話している。

「どう思うって、いいんじゃない。好きなら好きでいれば」

美沙はこう言ってくれた。でも、素直にうん、とは言えない。

「……いいのかなあ。多田君、構われるのあまり好きじゃなさそうだし……連絡してもいいって言ってくれたけど、本音は違うんじゃないのかな」

カラカラと氷が入ったカシスオレンジを揺らす。目の前からは「えー」という美沙の声。

「迷惑じゃないでしょ。じゃなかったら和可にだけ名刺を渡したりしないだろうし」

名刺をもらったことを美沙に話したら、ものすごく驚かれた。

それと同時にこの前、山縣君と飲んだとき。多田君の名刺の話が出たら、それまでは普通だった私が放心していたので、その理由がわかったと納得していた。

「そうなのかな……じゃあ、ちょっとは期待してもいいのかな……いや、期待しすぎてもよくないから、できることなら今の状態のままいられたらいいなあ、なんて……」

　完全に管を巻く酔っ払いである。

「今のままでいいの？　多田君みたいな立場の人なら、絶対何人も彼を狙ってる女がいるって。和可がちんたらしてるうちに、ひゅっとトンビみたいな女がきてかっ攫《さら》われるよ。多田君」

「トンビ……‼」

　美沙の言葉にショックを受ける。

　そりゃそうだ、めちゃくちゃイケメンの多田君だもの。彼の事が好きだ、という女性なんかきっといくらでもいるはず。もしかしたら彼の身近な部下の中にも、虎視眈々《こしたんたん》と彼を狙っている女性がいたりして。

　そういう点で、彼とあまり会えない私はどうしたって分が悪い。

　――やだな。だんだん思考がネガティブになってくる……

　人を蹴落とすことは考えたくない。でも、好きな人が絡むとそうも言ってられない。

　私だって必死だから。

「……そのトンビは、いいトンビかなあ……」

「ん？」

　私の呟きに、美沙が眉を潜める。

「……もし、多田君の地位とか、財力に魅力を感じてるだけの悪いトンビなら……負けたくない……」

「あら。和可、酔っ払った？　まだカクテル二杯目だよね？」

「酔ってないし……」

「はいはい。じゃ、それ飲んだらもう帰ろうね？」

美沙にクスクス笑われてしまったけど、本当に酔っているわけじゃない。

本当に、多田君を表面でしか見ていないような人には取られたくないと思ったのだ。

——多田君はあんな感じでいつも塩対応だけど、根はそこまで冷たいわけじゃないんだよ。

少なくとも、私が知る中学時代までは……


あれは中学時代。多田君と席が隣同士だったときだ。

席替えの結果、彼と席が隣になったのを知った私は、まず困惑した。

——学年……いや、学校で一番の秀才と名高き多田君が隣だ……

そのときの私はまだ多田君に好意を抱いていなかった。だから嬉しいとかいう感情の前に、彼の隣になったことで酷いバカだと思われないようにしなければと、危機感を抱いてしまった。

そのため、勉強は必死でやった。お陰で成績はまあまあの順位をキープできるようになり、そこは本人が直接なにかをしたわけではないけれど、多田君に感謝している。

彼はその頃から顔立ちが整っていたので、塩対応だと知らない他のクラスの女子や、下級生から非常にモテた。

『多田君、ちょっといいかな？』

『あの、多田先輩いますか……？』

こんな感じで多田君が女子に呼ばれる光景は頻繁にあった。それによりいつしかクラスメイトもこういった光景に慣れてしまった。

多田君を呼んでくれと言われても特に動じることなく、あー、はいはい多田ね。という感じで淡々と対応できるようになっていた。

でも、それら女子に対する多田君の答えはいつも同じだった。そのため、女子の間には多田君は冷たい、冷徹人間といった噂《うわさ》だけがどんどん広がっていった。

かといって実際私はそこまで多田君が冷たいと思ったことはなかった。席が隣になる前も普通に挨拶をすれば返してくれたし、私が落としたペンや消しゴムを拾ってくれたこともある。席が隣になってからは私が教科書を忘れると、無言で机をくっつけて教科書を見せてくれた……なんてこともあった。

あと、極めつけはテスト前だ。

私が自分の席でテスト勉強をしていたとき。高校受験を見据え、なにがなんでも前回よりいい点が取りたかった私は、夢中で教科書の内容をノートに纏《まと》めていた。そんなとき、いきなり誰かの手が視界に入ってきた。

『えっ？　な……』

見上げるとその手の主は多田君だった。彼は、いつもと変わらぬ涼しげな目でこう言った。

『そこ、テスト範囲じゃない』

『……えっ‼』

どうやら私は勉強に夢中になりすぎて、範囲をさらに超えたページまで纏めようとしていたらしい。それを多田君が止めてくれたのだ。

『あ、ありがとう……！　うっかりしてた』

『それと』

まだ教科書の上にあった多田君の手がページをめくる。

『ここを重点的にやったほうがいい。多分テストに出る』

『えっ。そうなの⁉　わかった！　ありがとう多田君！』

私からすれば神様からの予言に近い。彼の言葉を信じてそのページを入念に勉強した結果、神の予言は的中した。

――ほ……本当に出た……！

多田君が言ったとおり、彼が出るといったページから配点の高い問題がいくつか出たのだ。

あまりに嬉しくてテスト中、多田君の方を向きそうになったけど、ぐっと堪えた。

テストが終わってから、すぐに多田君を見つけ、声をかけた。

『多田君ありがとう！　お陰で前回よりもいい点とれるかもしれないよ』

若干興奮気味の私をちらっと見てから、多田君はまた手元にある本に視線を落としてしまった。

『そう、よかったね』

『うん、すごくよかった！　多田君のお陰だよ』

『違う。それは海崎さんが毎日勉強したからでしょう。やればやるだけ、ちゃんと成果は出るということだよ』

『え』

『よく頑張ったね』

ちらっと私を見た多田君は、またすぐに手元の本に目線を落としてしまった。

頑張ったね、と言われたことは素直に嬉しかった。先生に言われるよりも嬉しかったかもしれない。

でも、それよりなぜ私が毎日勉強していたことを知っているのか。

――多田君、私の事見てたの？

聞きたかったけど、とりあえず『ありがとう』とお礼だけ言って、自分の席に戻った。

そりゃ、席が隣なんだから、多田君にその気はなくとも見えていたのかもしれない。

でも、多田君は私のことなんか気にとめることもない、見ていても声をかけてくることなんかないと思い込んでいた。

だから、彼がこんなことを言ってくれるなんて夢にも思わなかったのだ。

――多田君って、もしかして……普段はあんな感じだけど、実は結構いい人？

私の中で、多田君の印象が大きく変わった出来事だった。

その日を境に、私は多田君の事をよく見るようになった。

もともとイケメンな多田君だけど、実は横顔が格別に整っていて綺麗だったり、背筋を伸ばしてご飯を食べている姿が美しかったりなど、いろんな発見があった。

そうして私は少しずつ少しずつ、多田君のことが好きになっていったのだ。


――懐かしいなあ……またあの頃の気持ちが蘇るとは、全く予想外だったけど……

美沙と別れて帰路に就きながら、昔のことを思い出してなんだか甘酸っぱい気持ちになる。

今の私は、心だけすっかりティーンに戻っているなあ、と。

いい年して少し恥ずかしさもあるけれど、久しぶりにこんな気持ちになるのも悪くないと思った。


多田君に電話をかけるのは気が引けるので、せめてメッセージでもと、数日に一回くらいのペースで送っている。精々三日に一度とか、その程度だけれど。

内容は本当にしょうもないこと。元同級生の話題とか、今日仕事でこんなことがあって疲れた、とか。スマホの向こうで顔をしかめる多田君が容易にイメージできる程度に、たいしたことのないメッセージばかりだ。

これに返事はもらえるのだろうか、とドキドキしていたのだが、意外にも多田君から「おつかれ」とか、「そう」とか短い返事が返ってくるようになった。

このことを美沙に話したら「それだけ⁉」と驚かれたけど、私からすれば彼が反応してくれただけでも万々歳だ。

嫌がられていない。そんなことだけで、こんなに嬉しい気持ちにさせてくる多田君って、ある意味すごいのかもしれない。すごいと思っちゃう私も私だけど。

しかしこの後。その多田君にメッセージを送ってもなんの反応もない日が何回か続いた。

それまでは返事が来ること自体が奇跡、くらいに思っていた。でも、あまりに反応がないと今度は、自分が嫌われた可能性は置いといて、まず彼がちゃんと生存しているのかどうかを確かめたくて仕方なくなった。

不安になりすぎて、思わず美沙に電話をした。

『いや、死んだりはしてないでしょう。社長なんだから連絡もなしで会社に来なかっただけで大騒ぎになるはずだし。スケジュール管理してる秘書とかいるっしょ』

彼女がこう言ってくれたから少し冷静になれたけど、そうでなかったら多田君に生存確認の為に何度も電話してしまいそうだった。そんな自分が怖い。

「そ……そうだよね、きっと大丈夫だよね……」

『別に一度くらい普通に電話したっていいんじゃないの？　何回もメッセージのやりとりもしてるん

だし、多田君だってそれなりに和可に心開いてると思うけど』

「……それはどうかな……。短いメッセージのやりとりだけじゃ、さすがにそこまではわからないよ」

『いやあ……だって、他に同級生で多田君とそんなメッセのやりとりしてる人、いないでしょ。和可だけなんだよ？』

「そんなこといわれても……」

スマホの向こうで、美沙がため息をついたのがわかった。

——やばい……面倒くさいって思われてるかもしれない……

友達を困らせている。それは素直に申し訳なく思う。

『あんまり考えすぎないで、もうちょっと気楽に接すればいいと思うけどなあ』

「気楽に、か……わかった、そうしてみる……」

美沙との電話を終えてすぐ、多田君とメッセージのやりとりをしていた画面を表示させる。

前回メッセージのやりとりをしたのは三日前。本当にくだらない内容を送信したので、多田君からの反応がないのは仕方がないといえばそうかもしれない。

でも、これまではどんなに時間が空こうがメッセージを返してくれた。だから余計に、メッセージが返ってこないことに対して不安が募ってしまうのだ。

——電話、してみようかな……もし声が疲れていたら切っちゃえばいいか……

やきもきしているよりも、さっさと行動に移した方が楽かも。

そう思い至った私は、勢いに任せて多田君の番号を指でタップした。

スマホを耳に当て、ドキドキしながらコール音だけを聞く。三回鳴り、五回鳴り。

――出ないか……

スマホを耳から放しかけたとき、気怠《けだる》そうな多田君の声が聞こえてきた。

『はい』

「……えっ。た、多田君……⁉」

『そうだけど』

出てくれたのは嬉しいけれど、同時にしまった、と思った。

「ごめんなさい、あの、切った方がいいかな」

タイミングが悪かったかもしれない。そう思った私は、咄嗟に電話を切ろうとした。

『いや、大丈夫。それよりもなにかあったの』

今度の声はさっきよりも気怠くなかった。これなら、話していても大丈夫かな。

私の中で淡い期待が生まれた。

「なにかっていうか……多田君、このところメッセージ送っても返ってこないから、なにかあったかなって……なんでもないです、いいんです、元気ならそれで」

忙しいときにこんな理由で電話をかけるべきじゃなかった。咄嗟にそう思い、やっぱりこのまま電話を切ろうとした。

でもなぜか多田君の方から『待って』と声がかかった。

『まだ切らないで。なんか喋ってて』

「え。なんかって……でも、多田君忙しいんじゃないの？」

『忙しくないから。なんだっていい、海崎さんのこととか。教えてよ』

「わ、私のこと⁉」

『そう。海崎さんのことならなんでもいい』

——ど……どうしたの、多田君。

普段こんなこと絶対言わなそうなのに。

私の中に一抹の不安が生まれる。

「多田君……やっぱり疲れてるんじゃない？　もしくはなにかあったの？」

『……海崎さんには、俺の声は疲れているように聞こえるのか』

「ん？　いや……声もそうだけど、私のこと聞きたがるなんて、普段の多田君ならありえないかなって思って……」

『別に……君のことを聞きたいって言ったその言葉に深い意味はないんだけど。しかし、疲れてる、か……まあ、そうかもしれないな。このところ、面倒な親族の話に付き合って、聞きたくもない話ばかり聞かされてたから』

——面倒な親族……？　やっぱり、多田君みたいな家だとそういうのが多いのかな。

お金持ちは親族間でよくゴタゴタがあって、しょっちゅう諍《いさか》いが起きてる……とか。漫画やドラマの中だけの世界かと思っていたけど、あながちそうでもないってことか。

「つまり多田君、ストレスが溜《た》まってるんだね？　あ、そうだ。もしよければ私、話聞くよ？　守秘義務はバッチリ守るから、なんでも言ってみて」

どんとこい、という気持ちでいたのに、なぜか電話の向こうから笑い声が聞こえてくる。

『海崎さんが？　それは頼もしいけど、あんまり人に聞かせたくない話なんだよね。うちのドロドロした部分だからさ』

「ど、ドロドロ……？　やっぱり昼ドラみたいな世界なの？」

『そこまでじゃないけど。でも、人が聞くと大概嫌そうな顔をされるか、返答に困って黙り込まれるかのどっちかだから』

――ど、どんな家なんだろう……聞いてみたいけど、やっぱり私も返事に困ってしまいそうな気がする……

「じゃ、じゃあ……多田君を癒やしてあげたいときはどうしたらいいの？」

『癒やし？』

「そう。少しでも疲れがとれるような、癒やしがなにかあればいいかなって……」

『……そうだな』

スマホの向こうで多田君が無言になった。

そういえば、多田君って趣味とかあるんだろうか。こういうときになにか没頭できる趣味のひとつでもあればいいのに。

そんなことを考えていると、スマホの向こうから『海崎さん』と名前を呼ばれた。

「はいっ」

『うちにくる？』

「え」

『気持ちは嬉しいけど、電話で癒やすってのはまず無理じゃない？　だったら直接来てもらった方がいいかと』

確かに。電話で癒やすって、結局なにをするんだって話だ。

でも、今気になるのは別のことだ。

「行っていいの⁉　私が⁉」

『会わないと癒《いや》してもらえないだろ』

意外な展開に言葉を失ってしまった。

まさか多田君がこんなことを言うなんて。

だって、他人が家に入るのは好きじゃないとか言ってなかったか。

「……い、行けば私、多田君のお役に立てるのかな」

『わからない。来てもらってから考える』

彼の言葉を受け、部屋の壁に掛かっている時計を見た。今は夜の八時過ぎ。明日は土曜日で仕事は休みだし、今からじゃ無理、ということもない。むしろこんなチャンスはもうやってこないかもしれない。

行きたい。行ってみたい。

「多田君の部屋って、どこ？」

少し間が空いてから、多田君が口を開く。

『もしかして、今から来るとか？』

考えていたことを当てられた。

「……だめかな。でも、多田君が疲れてるなら、早くなんとかしてあげたくて……」

『迎えに行こうか』

彼がこう言ってくるのは意外だった。てっきりそんなの必要ないって却下されると思ったのに。

「いいの？」

『いいよ。実はまだ会社だったんだ。これから出るから、この前降りてもらったところで待っててくれるかな』

「うん、わかった」

『多分、約二十分後くらいに着く。じゃ、またあとで』

プチッと通話が途切れた。

——う……ど、どうしよ。多田君の部屋に、私が……

先日のキスもそうだけど、このところ私の身には、本当に夢なのではと疑いたくなるようなことばかり起こる。

もしかして私は一生のうちの限られた幸運を今、纏めてもらっているのだろうか。

しばらく放心状態だった私だけれど、多田君が迎えに来る時間はすぐそこまで迫っている。それに気付き、慌てて準備をし親に友達のところに行く、とだけ伝えて家を出た。

すんなり送り出してもらえて、こういうときあまり娘の行動に口を出さない親でよかったと安堵《あんど》した。

バッグを肩から提げて多田君と待ち合わせの場所へ向かう。幹線道路はひっきりなしに車が行き交っていて、どれが多田君の車かを目視で判断など全くできない。それよりもまだ十分程度しか経っていないので、早く来すぎてしまったかもしれない。

でも、家でじっとしているなんてとてもじゃないけど無理だった。

——多田君……本当に来てくれるのかな……いや、約束したんだから来るだろうけど。

頭の中は多田君一色。会ったらどうしよう。なにをすれば彼は喜んでくれるのだろう。

私になにができるのだろう……？

そればかり考えていると、私の前に一台の車がハザードランプを点滅させながら停車した。助手席の窓が開き、顔を覗《のぞ》かせたのは多田君だ。

「乗って」

言われてすぐ、助手席に滑り込んだ。私がドアを閉めたのを確認してから、多田君が速やかに車を車道へ合流させる。

「迎えに来てくれてありがとう。仕事帰りなのに、余計な仕事増やしてごめんね」

多田君は、前を見たままフッ、と笑みを漏らす。

「これは仕事じゃないから、余計じゃないよ」

「そ、そっか。よかった」

ひとまず機嫌が良さそうで安心した。

でもしばらくなにを話していいか分からなくて、車内は無言になった。気まずいけれど、話題が浮かんでこない。

こんな状況の中、先に口を開いたのは多田君だった。

「こんな遅い時間に男の部屋に行って大丈夫？　親御さんは心配しないの」

「え、あ……うん。ちゃんと友達のところに行くって言ってきたから、大丈夫。それにうちは放任なので……」

「友達ね」

気にするのはそこなのかな、と多田君を見る。でも、いつものポーカーフェイスで、表情からは彼がなにを考えているかさっぱり読めない。

「……あの、本当に私が多田君の部屋に行ってもいいのかな」

「は？」

「だってほら、前、他人が部屋に来るのは好きじゃないって言ってたから」

もしや言ったことを忘れたわけではあるまい。疑問を抱きつつ多田君の返事を待つ。

「他人が来るのは苦手だよ。でも、海崎さんは他人じゃないでしょ。友人だし」

「友人……!!」

一応私も多田君の友人カテゴリに入れてもらえるんだ……!!

それを知って、めちゃくちゃ嬉しかった。その事実だけで今夜の収穫はじゅうぶんだというくらい、私にとってはありがたい言葉だった。

手で顔を覆っていると、訝《いぶか》しがるような多田君の声が聞こえてきた。

「なにやってんの……」

「だって、友達って認識されてるのが嬉しくって」

「……海崎さんは友達で満足なの？」

「え」

すぐに聞き返したけど、多田君からの返答はなかった。

——今のはどういう意味なんだろう……？

友達以上っていったら、恋人しかない。もしや多田君……

自分に都合がいいけれど、そういう意味にもとれる。

だとしたら嬉しいけど、でも違うよね……と。頭の中で何度もこのやりとりを繰り返していると、多田君が、とあるマンションの前でハンドルを大きく切った。

そこは多分四階建ての低層マンション。道を下っているのは、地下に駐車場があるからだろう。

「……ここに住んでるの？」

「そう」

コンクリート剥《む》き出《だ》しの地下駐車場で、多田君が駐車スペースに車を停めようとする。

照明に照らされた駐車場は明るく、どんな車が停まっているかは一目瞭然だった。

――こ、高級車ばっかり……

ライトアップされてちらっと見えたマンションの外観も、なかなか高級感があった。そりゃ、社長である多田君が暮らすマンションだもの、セキュリティもそれなりのはずだ。

「行こう」

車を停め終えた多田君がエンジンを切り、車から降りた。それに倣って私も車を降りると、歩き出した彼の後に続いた。

駐車場から一階に上がると多田君は、真っ先にコンシェルジュサービスの担当者に声をかけた。

その際に何かを手渡し、同時に何かを受け取っていた。

「なにしてたの？」

「クリーニングするものを渡して、仕上がったものをもらったの。あと自分宛に届いた荷物も」

「なるほど」

コンシェルジュサービスって便利だなー。

多田君が近づくとエレベーターホールへの自動ドアが開き、広さがありそうなエレベーター二基のうちの一つが開く。

「乗って」

「はいっ」

多田君の話し方にもすっかり慣れてきた。

——必要最低限のことしか喋らないけど、意外とそういうのも楽でいい。

そんな多田君は、エレベーターの中では無言だった。四階で降りると、彼は先に私をエレベーターから降ろし、部屋に向かって早足で歩く。通路奥にあるドアの前で多田君が立ち止まり、そのドアを開けた。

「入って」

「は、はいっ。お邪魔します……」

先に私を玄関に入れてから多田君が入り、後ろ手にドアを閉めた。玄関からすでに多田君の香りがして、ここに立っているだけで彼に包まれているような気分になる。

——ここ、やばい……なんか、匂いだけであてられる……

改めて自分は、すごいところに来てしまったと気付かされる。

「ちょっと待ってて」

多田君が玄関の照明を点《つ》け、廊下の奥へと進んでいく。玄関から部屋の方を覗き込むと、リビングとみられる部屋の照明が点いた。

「入ってきて」

「は……はい」

言われるままに靴を脱ぎ、彼がいるリビングへ移動する。リビングはかなり広く、中央に応接セット、壁に大画面テレビがある。部屋の片隅に視線を移すと、対面キッチンがある。でも、ダイニングテーブルがないせいか、生活感があまりないすっきりとした部屋という印象だ。

一目見て、多田君らしい部屋だなあと思った。

――多田君が料理とか、想像できないもんな……

電子レンジらしきものはあったので、温める程度のことはするらしい。

「なんか面白いものでもあった？」

私がキョロキョロしているのが可笑しかったらしく、多田君が口元に笑みを浮かべながらジャケットを脱ぐ。そのままシャツの手首ボタンを外している彼をじっと見ていたら、今度は不思議そうな顔で見つめられた。

「……服、脱いでるのを見るのが好きとか？」

「あっ！　いえ、そうじゃなくて……気が付いたら見ちゃってただけ」

「そう？　そういや聞くの忘れてたけど、海崎さんは夕飯済ませたんだよね」

「うん。……あ、もしかして、多田君なにも食べてない……？」

ハッとして聞き返した。

そうだ、よく考えたら彼は仕事帰り。食事を済ませていない可能性の方が高いのだった。

なぜ私はそんなことにも気づけないのか……！

私の表情から何を考えているかがバレバレだったらしい。すぐ、彼のフォローが入った。

「いや、大丈夫。昼の会食で結構食べたんで。そのときにお土産《みやげ》でもらったものがあるから」

多田君が車を降りるときに持っていた紙袋の中から、箱詰めされたものを取り出した。

なんだろうと彼の手元を覗き込む。多田君が箱を開けたので中を覗き込むと、中身はその店で作ったらしき『おこわ』だった。

ごろっとした黄色いものは栗《くり》だと思う。鼻を近づけると、ほんのりと栗の香りがした。

「栗おこわだね。美味しそう」

別に食べたくて言ったわけじゃないのだが、多田君が私に箱を差し出す。

「海崎さん、食べる？」

「え。いいよ。多田君が食べなよ。絶対あとでお腹空くよ」

貴重な彼の食料を私が食べるわけにはいかない。丁重にお断りした。

「んー……とりあえず今はまだいい」

多田君がシュルッとネクタイを外して、黒いレザーソファーの背にかけた。そしてそのまま、怠そうな顔でソファーに座り込んだ。

その表情からして、疲れているというのがありありとわかる。

「……疲れてるね？」

「まあ。仕事終わりなんか大体いつもこんなもんだよ」

ずっと立っているのもなんか変なので、少し距離を空けて多田君の隣に腰を下ろした。

「……足でもマッサージしよっか？」

黒っぽいスラックスに包まれた長い足を見ていたら、自然とこんなことを口走っていた。

多田君が意外だな、という顔をする。

「海崎さん、そういう仕事だっけ？」

「違うけど。家でたまに父親の足とか揉《も》まされてるから」

多田君がククっと肩を揺らす。

「なるほど。でもいいよ。足は疲れてない」

「……じゃあ、どこが疲れてるの？　メンタル？」

「んー……メンタルがやられてるわけでもない。ただ気疲れしてるだけ」

多田君でもそんなことあるんだ。

——そうだよね……同じ人間なんだもん。当たり前だよね……

納得したというか、私たちと同じだと知って嬉しかった。それならなおさら彼を癒やしてあげたい。

「お疲れ様です……でも、だったらなんで私をここに呼んでくれたの？　気疲れしてるところに私が来たら、余計に気疲れするでしょう」

普通に考えればそうだろう。一人でいたいときに人が近くにいたら、気持ちは休まらない。

それが特別な人なら話は別だけど。

——もし私が多田君にとって特別なら……って、そんなことあるわけないか……

心の中でセルフ突っ込みをした。そうだ、そんなことあるわけない。ただ、同級生のよしみで呼んでくれただけだ。もしくは、彼の気まぐれ。

そう思おうとしたのに、多田君からの返事がない。

「……なんでなにも言わないの？」

痺《しび》れを切らして、つい聞いてしまった。

「んー……どう言えばいいか考えてた」

「なにを……」

「海崎さんに対しては気疲れしない。なぜだろうね。その理由を考えてたんだけど」

心臓が大きく跳ねた。

「そ……それは、冗談じゃなくて……？」

「冗談なんか言わない。それに、わざわざ部屋に連れてきたりしない」

私の中の欲望と期待がムクムクと膨らんでいく。

「あの……それ、私、自分に都合のいいように取るよ。それでもいいの？」

「事実だから。後悔なんかしない」

不意にこっちを向いた多田君と見つめ合う。多田君が腰を浮かせ私に近づくと、そのまま顔を寄せてくる。

どうしよう、心臓が破裂しそうだ。

「……夜、男の部屋に来る海崎さんにも多少なりとも責任はあるよ？」

耳元で囁《ささや》かれる。

その意味が分からないほど、子どもじゃない。

「だ……大丈夫、大人だから……」

「そう」

大人だからね。と呟いたあと。多田君の唇が私の唇に触れた。

この前車の中で触れた時よりも、少し温かい。咄嗟にそう思ったけれど、すぐに多田君の舌が差し込まれてキスが激しくなった。荒々しいキスのせいで、唇の温度や感触について考える余裕はなくなってしまった。

「……っ、ん……」

上体に多田君の体がのしかかってくる。背中からソファーに倒れそうになるけれど、彼の手が腰を支えてくれているお陰で、辛うじて同じ体勢を保てている。

多田君の唇が離れた。キスの間深い呼吸を我慢していたので、この隙にとばかりに思いきり酸素を取り込んだ。……のだが。

「……ひゃっ！」

いきなり首筋に多田君の唇が触れて、ビクッ！　となってしまう。

「驚かせた？　ごめん」

「そりゃ……いきなりされたら驚くよ……」

多田君の唇の感触が首から耳へ移動する。耳朶《じだ》を食《は》まれて、ぎゅっと目を閉じた。

「あ……っ」

くすぐったさに身震いしながら耐えていると、首筋を舐《な》めてからまた唇にキスをされた。

「ふ……う……っ」

軽く触れて、離れたかと思ったらまた触れてきて、角度を変えて深く食まれる。巧みな舌使いで奥に引っ込んでいた私の舌を絡め取ると、水音を立てながらいやらしいキスをする。

——う……うわ……！

あの多田君がこんな色っぽいキスをするなんて、なんだか嘘みたいだ。というか、これって現実なのだろうか。

今、自分の身に起こっていることが、現実かどうかもあやふやになってきた。

ぽーっと身を任せていると、いつの間にか唇が離れていた。

「……大丈夫？」

心配そうに私の顔を覗き込んでいる、多田君の綺麗な顔がすぐそこにあった。目が合った瞬間、現実に引き戻された。

「え、あ……うん、大丈夫……」

多田君が一瞬、ホッとしたように表情を緩めた。そして、乱れた前髪を掻《か》き上げながら私に問いかける。

「……どうする？　やめるなら今しかないけど」

「え？　……なんで？」

「やめなくていいの？」

多田君が本当にいいのかと目で訴えている。

ここで心配してくれるなんて、やっぱりこの人って優しい。でも、やめなくていい。むしろこのまま続けてほしい。

私、多田君に抱かれたい。

「……うん、いいよ」

多田君の目をじっと見つめて返事をした。彼はしばらく黙っていたが、やがて静かに立ち上がった。

「こっちに来て」

目で合図して、多田君がリビングを出ていく。慌てて彼を追うと、彼が入っていったのは寝室だった。リビングよりもだいぶ狭い部屋の中に、ダブルベッドが一つ置かれている。

多田君はそのベッドに腰を下ろし、私に向かって手を差し出した。

「おいで」

多田君の声と、その手に吸い込まれるように彼に近づく。手を掴まれた瞬間ぐいっと引き寄せられて、彼の隣に腰を下ろす格好になった。

「た……」

多田君、と言おうとしたら彼の顔が近づいてきて、名前は口にできなかった。

さっきのようなキスをしつつ、彼の手が服の上から私の胸に触れてくる。一瞬、自分の乳房に触れた手にビクッとしかけた。でも触れ方が壊れ物を扱うように優しかったので、それだけでキュンとしてしまった。

「……ん、は……っ」

舌を絡め合うキスをしながら、多田君の手が私の服の裾を掴んで胸の上まで引き上げた。一旦キスを止め、服をインナーごと私の頭から引っこ抜く。それをベッドの下にそっと落とすと、今度は背中に手を回し、ブラジャーのホックを外してくる。

パチンという音がして、胸元を覆っていた布がふっと乳房から浮いた。

「海崎さん、意外と大きいよね」

指でブラのストラップを肩から外しつつ、多田君の視線は胸元に固定されている。

「……そう、かな……」

事実、小学校高学年くらいから少しずつ膨らみだした私の胸は、中学時代でいまと変わらないくらいの大きさにまで成長していた。

でも、当時は周囲の子に比べて胸が大きいというのがちょっと恥ずかしくて、スポーツブラで小さく見せるなど、自分なりに注目させない努力というものをしていた。

大人になった今は周囲にも胸の大きな女性がたくさんいるので、自分の胸の大きさなど気にすることはなくなった。でも、多田君に胸のことを言われたのは意外だった。

「形も綺麗」

下からすくい上げるようにして、彼の掌が乳房をすっぽりと包んだ。そのまま片手でぎゅっと握ると、彼はすでに起《た》ちあがっていた先端の突起をそっと口に含んだ。

「あっ」

ざらっとした舌で先端を舐められて、ビリビリと甘い快感が全身を駆け抜けていく。その甘い痺れに悶《もだ》えながら、声を出さないように必死で耐えた。

「……なんで声出さないの？　出しなよ」

多田君が口を開いて、舐めているところを私に見せつけてくる。……いや、本人にその意図はない

かもしれないが、私にとってそれはとても扇情的な光景だった。

――多田君が、私の……

徐々に抑えていた感情が溢《あふ》れ出し、声を我慢することをやめた。

「……っ、あ……ん、あ……っ！」

多田君は執拗《しつよう》に先端を舐めしゃぶった。舐めるだけでなく、たまに甘噛みもする。空いた指でもう片方の乳房の先端を強めに摘まんだり、弾いたりもする。

「や、あっ……‼　だめ、それだめ……っ」

彼から与えられ続ける快感はとめどなかった。多少は理性で抑えていた私も、耐えられていたのは最初の約数分だけ。次第に我を忘れてよがり、何度も背中が反り返った。

まだ愛撫《あいぶ》の段階なのに、すでにショーツは愛液でぐっしょりだ。

「は、あっ……も、もう、やっ……」

「いや？　気持ちよくないの」

チロチロと舌先で先端を舐めながら多田君が尋ねてくる。その眼差《まなざ》しに、子宮がきゅうっとなった。

こんなに涙目になって、喘《あえ》ぎすぎて呼吸も乱れているというのに、気持ちよくないわけがない。

多分彼はわざと言っている。

「き……もちは、いい……っ……そうじゃなくてっ……！」

「わかってるって。ここだけじゃ嫌なんだろう？」

舌でそこを嬲《なぶ》ることを止めた多田君は、最後に一度胸先を強めに指で摘まんだ。それだけで「あっ‼」と悶えてしまった私に、今度は別の愛撫をくれようとする。

彼が私から少し体を離し、ショーツを脱がしにかかる。

「あっ……」

ぐしょぐしょなのがバレるかも……とドキドキしたけれど、一気に脱がされてそのショーツはベッドの下に落とされた。ならば多分気が付いていない。

と思ったのに、多田君が私の足を開いてすぐ股間に触れてきたので、濡れているのがあっさりバレてしまう。

「うわ。すごいな」

私自身普段見ることもないような敏感な場所を、多田君の指が何度も前後する。時折つぷ。と蜜壺に指を差し込まれて、声を上げそうになってしまう。

「〜〜っ‼」

口を手で押さえて、なんとか声を抑える。でも、そんな私の反応が多田君にとっては逆にツボらしい。

「そんなに頑張って抑えなくてもいいのに。俺はもっと、海崎さんの声が聞きたいんだけど」

秘裂をなぞりながら多田君が微笑む。その微笑みはこれまで見たことがないくらい色っぽくて、まるで甘い言葉を囁く悪魔のよう。

「だ……だって、多田君に、へんなとこ見せられな……」

「……見せられないって、もう全部見ちゃってるけど。普段人前には晒《さら》さないこんなところも」

言いながら、多田君が私の膝辺りを掴み、大きく左右に開いた。ショーツも何も身につけていないのだから、当たり前だが彼の眼前に股間を完全に晒すことになってしまう。

「きゃっ……‼　や、やだっ……」

「今更」

私の脚と脚の間に多田君が体を割り込ませた。彼はシャツの首元を大きくくつろげ、乱れていた前髪を手ぐしで後方に流した。

「……海崎さん、綺麗な色してる」

股間に顔を近づけ、音を立てて襞《ひだ》の奥にある敏感なところを強めに吸い上げられる。

「あ、あ……‼」

ひゅっと息を吸い込んだまま、私はただ身を捩《よじ》ることしかできなかった。

恥ずかしい。でも、すごく気持ちがいい。

しかも多田君にこんなことをされている。この状況に目眩《めまい》がしそうだった。

「あ……っ、ああっ……んっ……や、やだっ……」

「海崎さん、ここ好きなんだ？　反応がいいね」

「やっ、そこで喋らない、でっ……‼　あ、んん、んっ――‼」

今そこで吐息を吐かれても、喋られても、なにをされても私の刺激にしかならない。

彼は二本の指でそこを広げて、また執拗に蕾《つぼみ》を攻めた。次第に蜜がとろとろと溢《あふ》れてきて、臀部《でんぶ》にまで垂れ始めている。それに気付いた多田君が、指で愛液を拭った。

「ああ……こんなになってる。海崎さん、えっちだね」

「だっ……‼」

誰のせいで……‼　と言いたいのに言葉にならない。それを分かっているかのように微笑みながら、多田君が「ごめんね」と謝ってくる。

「俺のせいだね」

襞の奥にある蕾に舌を這《は》わせ、時折ツン、と舌先でノックされる。それと同時に長い指が蜜壺に差し込まれ、入り口や奥を丹念に撫《な》でられる。この愛撫に、私の中である感覚がじわじわ大きくなっていくのを感じた。

「あ……だめ、それ、だめっ……‼」

男性経験がない私でも分かる、イク、という感覚。友人との会話やちょっとHな漫画を読んでいると、こういった単語や台詞がよく出てきたので、自然と知識としてあった。でも、実際自分の身に起こるのはなんとも不思議な感覚だった。

果てしなく気持ちがよくて、もうどうなってもいいとすら思える感覚。

絶頂をこんなふうに表現した友人がいたな……などとぼんやり考えていると、その感覚が徐々に近づいているのを確信した。

「あ、だめっ……‼　き、きちゃうっ……‼」

私が慌てだしたのを見て、なぜか多田君はさらに手の動きを速めた。舌の動きも、心なしかさっきより激しい。

――なんでやめないの……⁉　このままだと私っ……‼

未知の感覚に若干怯《おび》えている私に構うことなく、多田君は愛撫を続けた。その結果、私はついにイク、という経験をすることになった。

「や、あ、ああっ……んん…………っ‼」

体の奥から未知の感覚が押し寄せてきて、大きくなったと感じた途端に弾けた。

体がビクンと震え、思考が吹っ飛んだ。

「あ……」

全身から力が抜け、ベッドに倒れ込みながら肩で息をする。

私の様子を見て手を止めていた多田君が、ゆっくりと上体を起こす。

「お疲れ様。よかったね、イケて」

「……っ、い、った……」

なんだかまだ夢の中にいるようだった。

ぼやける視界の中に多田君の姿がある。その多田君は着ていたシャツを脱ぎ半裸になった。

多田君は昔から細身ではあった。でも、半裸になった姿を今改めて見ると、腹筋が綺麗に割れていて、意外と鍛えているのがわかる。

――う……うわ……

今からこの人に抱かれる。そう思うだけで、心臓が口から飛び出てしまいそう。

「海崎さん、セックスの経験は？」

ストレートに聞かれ、ドキッとした
相手が処女だと知ったら、面倒だと思うだろうか。もしかしたらやる気も失《う》せる可能性だってある。

正直に言うのが怖い。でも、嘘をついたところで、いざ行為に及んだらすぐにバレるのだ。

ここはもう腹を括《くく》るしかない。

「な、ないです……ごめんなさい……」

上体を起こし胸を腕で隠しながら、正直に言った。

クローゼットを開けていた多田君が、ふとこっちを振り返る。

「なんで謝るの」

「だって……男の人って処女だと、面倒って思うんじゃないの？」

多田君がクローゼットを閉め、こっちに戻ってくる。その手には小さな箱があった。おそらく避妊具だろう。

「そんなことはない」

多田君がベッドに腰掛けつつ、箱から避妊具が入ったパッケージを取り出し、口に咥《くわ》えた。

ピリッと素早くパッケージを破ると、自身の屹立《きつりつ》にそれを被《かぶ》せていた。彼の手元を見たい気持ちはあったけれど、なんとなく直視できなくてすぐに目を逸《そ》らした。

――……っ、すごく、勃ってた……

彼をあんなにしているのは自分なのだと思ったら、胸の辺りにじわっと喜びが広がっていく。私でも彼を興奮させることができる。その事実が嬉しかった。

「処女のほうがいいという男もいる。人それぞれだよ」

全裸になった多田君がベッドに上がり、私の脚を掴み大きく左右に開いた。その反動で、私はベッドに寝っ転がった。

「あっ……」

「なるべく痛くないようにはするけれど、痛かったら言って。やめるから」

「えっ」

――やめる⁉

私が驚いたような顔をしたからだろう。多田君が私の股間に自分のものを宛《あて》がいながら、眉根を寄せた。

「……なにか変？　痛がってるのに無理矢理《むりやり》ってのは趣味じゃない」

屹立の先端がゆっくりと私の中に押し入ってくる。

初めてなら挿入の方に意識が行きがちだけど、今の私は違う。多田君の言ったことの方が気になってしまって、頭の中はそっちでいっぱいだった。

痛がったら、多田君はやめてしまう。セックスしてくれない。

――そんなの……嫌だ。多田君とセックスしたい。繋がりたい。

「は……あっ……あ……」

屹立が奥へ進んでいく。自分の中に多田君がいるという不思議な感覚だけで今の私はなんとか冷静さを保っている。というのも、すでに痛みを感じているからだ。

「大丈夫？」

すでに多田君は私の異変を感じ取っているようだ。動きが止まった。

「だい……じょうぶ……つづけて……」

呼吸で痛みを逃がしている私は、どう見ても大丈夫じゃない。なんでもないふりをしているのは、完全に強がりだ。

「めちゃくちゃ痛そうだけど。無理にとは……」

「いやっ‼」

多田君の言葉を遮って、思いきり拒否をした。

ここまで来たのにやめたくない。多田君と一つになりたい。

そんな思いを込めて多田君を見つめた。

「やだ……やめたくない。お願い、最後までして……‼」

言いながら多田君の首にしがみついた。しがみつく前の多田君は、ちょっとだけ困っているようだった。

わがままだと思われるかもしれない。でも、本当にここでやめたくなんかなかった。

「……これは……」

多田君がぼそっと呟いた。なんのことを言っているのかが分からないけど、とにかく彼の首にしっかりと自分の腕を回した。

すると、多田君の手が私の背中に触れ、そのまま抱き起こされた。

「……？」

繋がったまま座っている彼に抱っこされている格好になった。多田君の綺麗な顔がすぐ目の前にある。

「海崎さんは、意外と頑固なんだね」

「……すみません……」

「いや。責めてない。むしろちょっと喜んでる」

多田君の顔が近づいてきてキスをされた。くちゅ、と舌を絡めている間、私達は目を開け、お互いのことを見ていた。

多田君に見つめられると、それだけで腰の辺りがむず痒《がゆ》くなる。挿入の痛みで一旦落ち着いていた胸のドキドキが、再び蘇った。

「んっ！」

キスをしながら多田君が胸への愛撫を再開した。大きな手で乳房を捏《こ》ねつつ、中心の固い尖《とが》りをぎゅっと二本の指で押しつぶされる。

それを何度か繰り返していると、再び私の股間からは愛液が滴り始めた。

「今、締まったよ。わかる？」

キスをやめ、多田君が耳元で囁く。

「わ……わかんない……」

「さっきよりも濡れてるから多少痛みもマシじゃないか。少しずつでいいから、俺の上に腰を落としていける？」

多田君は私に少し腰を浮かせ、屹立の上からゆっくりと体重を落としていけという。

「えっ……い、いけるかな……」

「いけるとこまででいいから」

「……ん……」

多田君の肩に手を乗せ、腰を軽く浮かせてから、彼のものを私の中へ埋めるように少しずつ体重を落としていく。

「あ……んんっ……！」

多田君がじっと私を見ているのがわかる。でも、今はそっちを気にする余裕がない。

彼のものを奥へ進めれば進めるほど、痛みが増すという事実は変わらない。

「だ、だめ……こわい……！　やっぱり、できな……」

無理に腰を落としたら、自分だけでなく多田君も大変なことになってしまいそう。それが怖くて強引に進められない。

半泣きで訴えたら、なぜか多田君の口元に笑みが浮かんだ気がした。

「かわいいな」

えっ？　と聞き返す間もなく、多田君が私の腰を掴む。そしていきなり私を突き上げるように腰を動かしてきた。

「〜〜〜っ!!」

いきなりグッと奥に突き上げられて、痛みと驚きで声にならない叫びを上げた。

「奥まで入ったよ」

「い……いた……」

「痛みが落ち着くまでこのままでいるから」

多田君が私の目尻に溜まった涙を拭ってくれる。

「ほ……本当に奥まで入ったの……？」

「入ったよ。わかんない？」

ここにいる。と、多田君が私のお腹を指でなぞる。

確かにお腹の奥の方に彼の存在を感じる。今はまだ痛みが強いけど、これを何度も経験すると痛みじゃなくて、快感を得られるようになるのかな。

なんて考えていたら、多田君が胸への愛撫を始めた。乳房に顔を近づけ、乳首を舌で舐め転がしてくる。

「はっ……あ……っん、……っ」

左を舐め終わると、今度は右も。丁寧に愛撫されて喘がされているうちに、気が付いたらベッドに仰向けで寝かされ、多田君の腰も動きを再開していた。

今度は正常位で、何度も突き上げられた。

「はあっ、あ、あ、んっ、あっ」

「……っ、はっ……」

さっきまでは余裕の表情で、息一つ乱れていなかった多田君も、ついに呼吸が乱れ始めた。

よく見れば前髪は乱れ、ところどころ汗で濡れているようにも見える。

「多田君、多田君っ……！」

何度も何度も彼の名を呼んだ。

呼ばれたくらいで彼は動揺などしない。そんなことはわかっていても、呼ばずにはいられなかった。

だって、大好きだから。

私があなたのことを好きだという事実を知ってほしい。その一心だった。

「あっ……‼　あ、ああ、きちゃう、またきちゃうっ……‼」

多田君の腕を掴み、絶頂が迫っていることを身を捩りながら訴える。多田君は若干目を細めはしたけれど、腰の動きを止めることはなかった。むしろ、余計早まったかもしれない。

「初めてで二回もイクって、すごくない……」

「あっ、やっ……んうっ‼」

ひときわ強く奥を穿《うが》たれて、痛みとなんだかわからない感覚とで、体も思考もぐちゃぐちゃだった。

痛いしイキそうだし、体力ももう限界だし、眠いし。もう、いろいろ無理だ。

多田君の腕を掴んだ後、彼が上体を寝かせて顔を近づけたので、私から強引にキスをした。それに対して多田君は驚いたように目を丸くしていたけれど、舌を絡ませてキスを返してくれた。それが嬉しくて幸せで気持ちが良すぎた結果、私は本日二度目の絶頂に達した。

「あっ、んんんんっ――――‼」

私が背中を反《そ》らせながら痙攣《けいれん》すると、激しく腰を打ち付けていた多田君が、グッと奥を穿ったまま小さく震えた。

「は、あっ……、くっ……！」

見たことがないような多田君の苦しげな表情を前にして、達したことも忘れるほど見入ってしまう。

思いきり見ていたら、大きく息を吐き終えた多田君と目が合ってしまった。

「……なに？」

「う、ううん……」

小さく首を横に振って、わざとらしく目を逸らす。

多田君は私から自身を引き抜くと、私に背を向けるようにベッドに腰掛けた。避妊具の処理をしているのは分かっている。でも、背中を向けられるとなんだか少しだけ寂しかった。

嫌がられるかなと思ったけど、つい彼の背中にそっと抱きついてしまった。

「……どうしたの？」

彼が肩越しにこっちを見ているのがなんとなくわかる。

「多田君の背中を見たら、くっつきたくなった……」

他にそれらしい理由が思い浮かばなかっただけなのだが。

でも、多田君は体を私の方へ向け、抱きしめ返してくれた。

たった今まで体の奥の方で繋がっていたのに、素肌と素肌で抱き合う感覚がとても新鮮に感じて、照れてしまう。

「海崎さんってそういうキャラだったっけ」

耳元で多田君の声が聞こえる。うっとりしてしまう程の低い美声に、ずっとこのままでいたいとすら思う。

「……そういうキャラって、どういう……」

「意外と甘えん坊」

「……そういうわけじゃないけど、今だけ。……だめ？」

今だけというか、多田君にだけ。

「いや。……意外と悪くない」

多田君が私の髪を指で弄ぶ。

——こんな甘い時間ももう終わりなのかな……

勝手に寂しく思っていたら、多田君がいきなり私の耳をカプッと食んだ。

「きゃっ！」

驚いて多田君を見ると、彼はなぜか妖艶に微笑んでいた。

「一回で終わりなの？」

「え……」

「それとももう帰りたい？」

言われて数秒だけ考えた。でも、答えなんかとっくに出ていた。

「帰らない。まだここにいたい……」

多田君と一緒にいたい、という本音は口にせず、ただ目で訴えた。すると多田君が私を強く自分に引き寄せた。

「海崎さんは意外と魔性なのかな」

「そんなんじゃな……」

すぐに否定したけれど、彼の唇に言葉を吸い取られてしまった。

——もし、一夜限りの情事でもいい。多田君と一緒にいられるのなら……

私のささやかな願いを受け入れてくれたのか、多田君はこの夜私に帰れとは言わなかった。

その結果、私は人生で初めて男性の部屋から自宅に帰るという「朝帰り」を経験することになったのである。

第四章　たとえセフレでも

情事の後、気絶するように眠っていた私が、ハッと目を覚ましたのは朝の四時頃だった。

隣を見ると多田君がスー、と静かな寝息を立てている。その姿に安心したのもつかの間、彼の腕が私の頭の下にあることに気づき、ええっ‼　と叫びそうになってしまった。

——た……多田君が腕枕……‼

意外すぎて彼の顔と腕を何度も交互に見てしまう。こんな夢のようなことが自分の身に起こるなんて、人生って本当に何が起こるかわからない。

——嬉しいなあ、多田君大好き……‼

下半身はまだ痛むけれど、彼とこうなったことに全く後悔はない。

好きだとか、そういった類いの言葉は一切言われていないので、多分これって一夜限り。もしくは、体だけの割り切った関係かもしれない。でも、それでも構わない。

多田君と一緒にいられるのなら、セフレでもなんでもよかった。

私が彼の顔を穴が空くくらい見つめていたからだろうか。軽く身じろぎした多田君が、まだ眠そうな目を薄ーく開けた。

「……海崎さん？」

起きて第一声が私の名前だなんて。最高ですか。

「う……うん。おはよ……ごめん、起こしちゃったかな」

「いや……それよりもう起きるの？　今日仕事休みじゃなかったっけ」

多田君が目を半分だけ開けた状態で時計を確認する。

「休みだけど……」

「じゃあ寝れば。ほら」

多田君の腕が私の腰に触れ、そのまま彼の方へぐいっと引き寄せられた。

おもいっきり多田君と向かい合わせで密着する体勢になってしまった。

「え、え、あの……多田君、近いよ」

「今更なに言って……寝るよ」

言いたいことだけ言って、多田君がまた目を閉じてしまう。彼の腕は私の体に巻き付いたままだ。

彼はまたスー……と寝息を立ててしまったけれど、私はそんなにすぐ眠りにつくことなんかできない。むしろ、さっきよりも心臓がバクバクして目は完全に覚めた。

——こ……これはどんな拷問……？　いや、ご褒美……？

この状態で寝ろと言われても寝られるわけがない。でも、目線をちょっと上に上げれば多田君の顎があるこの状況は、私にとって至福だ。彼をこの角度で見る機会などほぼないと言っていい。

――綺麗な顎のラインだなあ……ちょっと髭《ひげ》が伸びた多田君もいい……

要するに、私は多田君ならなんだって好きだ。普段のパリッとした隙のない多田君も、こうして布団の中で寝息を立てている隙だらけの多田君も、全部好きなのだ。

――好き……

もう何度心の中でこう思ったことか。自分でもしつこいと思うけど、本当に好きなんだから仕方がない。

せっかくだから多田君の胸に顔を埋めて二度寝することにした。眠れるかどうかはわからなかったけれど、意外にも多田君の心音と体温がとても心地よくて、あっさりと眠りについてしまったのだった。

次に目覚めたのは周囲が明るくなってからだった。目が覚めてすぐ、飛び起きた。

「えっ、え。今何時……」

時計に目を遣《や》るとすでに八時を回っていた。平日なら寝坊確定の時刻だが、今日は休日なのでそこに関しては安堵した。でも、ここは私の部屋ではない。

――そうだ、多田君……！

隣を見ると、さっきまで私の腰を抱いて眠っていた多田君の姿はそこにない。

「……多田君？」

寝室のドアはきっちり閉まっているので、部屋の中は物音一つしない。急いでベッド下に落ちていた下着と服を身につけ、寝室を出た。

リビングかなと思っていたら、案の定彼はリビングにいた。その格好はどう見ても風呂上がりで、濡《ぬ》れ髪《がみ》とラフなTシャツ姿に激しく胸がときめいた。

――うっ……か、格好いい……っていうか、元が格好いいんだから当たり前なんだけど……

「起きた？　海崎さんもシャワー浴びてくれば」

「え……」

「汗掻《か》いたでしょ」

髪をタオルドライしながら多田君が平然と言う。改めて昨夜のことを言われると、あの情事を思い出して体中が熱くなってきた。

なんでこの人、こんなに普段通りなんだろう。

「……じゃ、じゃあ……お借りしてもいいかな……」

「どうぞ」

多田君がこっちに向かってきて、私をすり抜け廊下に出た。バスルームのドアを開け、備え付けの棚から真っ白いふかふかのバスタオルを出し、私に手渡した。

「ありがとう」

「お湯張る？」

多田君がバスルームに視線を送る。

「ううん、シャワーだけでいい。ありがとう、お借りします」

「ごゆっくり」

多田君が出て行ったのを確認してから室内を見回す。備え付けの棚だけで、洗面台にはコップ以外のものがなにも置かれていない。きっと歯ブラシなどは鏡の裏側にある収納棚の中に全部入っているのだろう。

――なんとも多田君らしいバスルーム……

リビングや寝室も必要最低限の物しか置かれていなかった。彼は部屋にあまり物を置かないタイプなのかもしれない。

広いバスタブを眺めながらシャワーを浴びた。シャンプーはこれを使っているのかとか、体を洗うときはこれを……と、いちいちチェックしている自分が怖かった。

――まずい。このままだと私、完全に多田君のストーカーだわ。

なんとか平常心を取り戻そうと頭を切り替え、タオルで体を拭きながら鏡に映った自分の体を見つめた。胸の辺りや首筋に赤い痕があって、あれ？　となる。

――これって……もしかして、多田君がつけた……？

そのことに気が付いたらまた体中が熱くなってきた。

一夜限りの相手にそんなことするなんて。多田君……どうしちゃったのかな。それとも、たまたまかな。

悶々としながらバスルームを出ると、途端にリビングから珈琲《コーヒー》のいい香りが漂ってきた。

「ありがとうございました……」

多田君の姿を探すと、彼はキッチンにいた。コーヒーメーカーの前で、白いカップに珈琲を注いでいるところだった。

「珈琲飲む？」

「うん。ありがとう」

この部屋にはダイニングテーブルというものがない。よって、多分食事をするのは全てこの四人くらいは余裕で座れる大きなブラックのレザーソファーと、ダークブラウンの木製テーブルなのだろう。

「食べるものがなにもなくてごめん。昨日もらったおこわだったらあるけど」

朝からおこわって重たいな、と多田君が独り言のように付け足した。

「え。そんなことないよ。多田君だってお腹空いてるでしょう。一緒に食べようよ」

「……じゃ、そうするか……」

もらってきてよかった、と多田君がまた独り言を言って、おこわを電子レンジで温めていた。

そのおこわを二人で黙々と食べ、食後に珈琲を飲んでいたら、もう十時だった。

――好きな人と一緒にいると、時間経つのがあっという間だなあ……

私と同じようにダラダラしているところを見ると、多田君も休みなのかな。

「多田君って今日は休み？」

私の問いかけに、彼が小さく首を横に振った。

「休み。だけど、ちょっとだけ社には顔を出すつもり」

「そっか……やっぱり忙しいんだね。でも、あ……あんまり無理しないでね」

彼女でもないのにこういうことを言うのは嫌がられるかと思った。でも、多田君は特に表情を変えることなく、ありがとうと言ってくれた。

そんな忙しい多田君の負担になってはいけない。だからこのままダラダラせずさっさと帰ることにした。

帰る、と言ったらなぜか多田君が数秒無言になったのが気になったけど、まあいいか。

放任主義の親には、美沙のところに泊まった、今から帰ると連絡を入れた。母はわかった～、とだけ言って、とくになにも聞いてこなかった。

嘘をついたことは心苦しい。でも、本当のことを言ったら多分根掘り葉掘り聞かれて、多田君の正体を明かしたらおそらく母は卒倒する。ダメだ、やっぱり本当のことは言えない。

多田君が送ってくれるというので、厚意に甘えることにした。

少し待っててと言われたので玄関にいたら、戻って来た多田君はスーツ姿だった。

「多田君、普段着スーツなの？」

「そんなわけない。海崎さんを送ったらそのまま社に行く」

「あ、そういうことか……」

そりゃそうだよねと納得して、二人で駐車場に向かった。車に乗り込み、昨夜は暗くてよく見えなかったマンションの外観や周囲の景色を夢中になって見ていると、ずっと黙っていた多田君が口を開く。

「前と同じ場所でいいの」

「え？」

窓の外から多田君に視線を移す。彼は相変わらず淡々としていて、表情からはなんの感情も読み取れない。

「降ろす場所」

「あ、うん。いいです。ありがとう」

「いや」

短くこう言ったきり、多田君は黙ってしまった。

昨夜ああいうことになったけど、結局私と多田君の関係に変化はないのだろう。

――もちろん最初から期待なんかしていなかったけどね……だから、いいんだ。

自分ではこう思っているけれど、心の奥の方で少しだけ空《むな》しさも感じている。でも、多田君みたいなタイプを好きになった時点で、そういうのは諦めたほうがいいと分かっている。

だから、過度な期待はしない。

それからポツポツと簡単な会話は交わした。でも多田君のマンションから私の家まではそう遠くないので、あっという間に別れの時はやってきた。

——早かったなあ……できればもうちょっと多田君とのドライブを堪能したかった……

心の中で項垂れてもしかたない。バッグを肩にかけて降りる支度をしていると、不意に「海崎さん」と名前を呼ばれた。

「ん？　なに？」

何気なく多田君に視線を送る。

「……いや。やっぱりいい」

彼は口を開き、確かに何かを言いかけ、やめた。こういった多田君は、あまり見たことがない。

「え。なに？　やめられると気になるんだけど……」

「たいしたことじゃないから。それよりもう着くよ」

「え、あ、うん……」

なんだかうやむやにされて、若干のモヤモヤが残った。

車が停車し、一晩お世話になりましたとお礼を言って車を降りた。歩道に立ち、車が車道に戻るのを待っていると、いきなり助手席の窓が開いた。

「海崎さん」

「んっ？　はい？」

まさかまた名前を呼ばれると思わなかったので、思わず体が前のめりになった。

「また来る？」

運転席から少しだけ助手席側に体を捩った多田君が、私に問う。

言われた瞬間え？　と思ったけど、すぐに意味を理解してドキドキした。

――これは、そういう……意味だよね……？

多田君に会えるならセフレでもいい。なんだっていい。

彼に関してとことん弱い私は、この問いかけに対しての答えなど一つしか浮かばなかった。

「……うん、行く」

これを聞いた多田君が、少しだけ頬《ほお》を緩ませた。

「待ってる」

この言葉だけで、私がどれだけ幸せを感じられるか多田君はきっと知らないだろう。

車がすーっと車道に戻っていったのを見届けてから、私はふわふわとした足取りで帰宅したのだった。


多田君とそういうことになってから数日が経過した。

彼の部屋から自宅に戻って数時間は、まだ魔法がかけられた状態みたいにどこか夢見心地だった私だけれど、数回寝て起きたらいつも通りの自分に戻ってしまった。

――夢から……完全に覚めた……

いつも通りに目覚めて職場に向かう前、鏡を見ながらつくづくそう思った。

恋愛云々《うんぬん》は置いておいて、セックスを経験したら自分の中で大きな変化があるのかも。などと思っていた私だが、実際経験してみても大きな変化はなかった。ただ、股間にヒリヒリとした痛みと腰の痛みが数日残っただけだった。

あと、多田君が私の皮ふに付けた赤い痕も。

でも、この痛みや赤みは多田君がくれたもの。そう考えると途端に幸せな気分になれる私は、なんておめでたいのだろう。


「絶対美沙には言えない……」

今は皆出払っていて誰もいない職場で一人作業中、ぼそっと独りごちる。

多田君と結ばれたことは、もし美沙に話せば彼女もきっと喜んでくれると思う。しかし、今の段階では彼女に言えない理由がある。

なぜならば私は彼に好きだとも、愛しているとも、付き合ってくれとも言われていないからだ。

――これって完全に遊ばれたか、そういう割り切った関係、ってことだよね……

いや、多田君がそう明言したわけじゃないので、これは確定ではない。けれど、彼が私を好きだなんてそう都合よく考えられない。

だって、あんなに外見もよくて立場もあるような人なら、女性なんかいくらでも寄ってくるはず。

実際、中学時代にそういう光景は何度も見ているわけだし。

それに、あの夜から数日経過したけれど、未だに多田君からは連絡のひとつもない。

でも、あの日の帰り際に多田君は待ってると言ってくれた。それだけが今の私の拠《よ》り所《どころ》になっているのだった。

——待ってる、ってことは、多田君からは来てくれないのかな……なんて。こんなこと考えても仕方ないのに……

これまでは待ってるって言われただけでめちゃくちゃ嬉しかった。なのに、人間というのはどうしてこうもないものねだりというか、欲が出てくるのだろう。

でも、多田君が相手だからわがままなんか言えない。言ったら最後だと思うから。

「だめだ、考え出すと頭の中がそればっかりに……仕事しよ……」

まだ入力していない伝票の束を手に取り、しばらく黙々とモニターに向かい仕事をした。


多田君は待ってると言ってくれたが、どのくらいの間隔を空けて連絡をすれば相手に迷惑がかからないものか。

女性と男性だとその辺りの感覚が違う気がしたので、お昼休みに近くにいた飯野さんにそれとなく聞いてみた。もちろん、私に気になる男性がいるとかいう話ではなく、友人が悩んでいるという、ありがちなたとえ話だ。

もしかしたら、悩んでいるのは私だとバレバレかもしれないが、それはもう気にしないでおく。

「そうだなー、どうだろ。仕事が忙しいときはやっぱり会いたくても会えないしね。体も疲れてるし」

昼食の弁当を食べ終えてお茶を飲んでいる飯野さんは、意外にもしっかり考えながら答えてくれた。

「そうなんですよねえ……その相手ってすごく忙しい人だから、待ってるって言われたとしてもそんなに頻繁に連絡できないし……」

私も食後の珈琲を飲みながら一緒に悩む。

「つーかさ、悩むくらいならいっそのこと、その相手にどのくらいの頻度で連絡したらいいか聞けばいいんじゃないの？」

「……そういうのって、聞いちゃっていいんですか？」

「いや、いいでしょうよ。待ってるって言われてるくらいなんだから、その相手はお友達に好意持ってるはずだし。聞かれて困るってことはないと思うけどね」

飯野さんが淡々と話した中に、聞き捨てならない単語が含まれていた。途端に私の意識はそっちに行ってしまう。

「こ……好意、持ってると思います……？」

聞き返したら、飯野さんが眉根を寄せる。なんでそんなことを聞くの？　と言いたげな顔だ。

「ええ？　そりゃそう思うでしょう。好きでもない相手の連絡なんか待たないよ」

「そ……そうですか……それ、友達に言ってみます……」

このときの私は、平静を装うので精一杯だった。

――こ、好意……も、持ってるのかな、多田君……

いやでもそこはあの多田君だ。一般的な解釈ではかりきれないところだってある。まだ期待はできない。

とりあえず、悶々としてるくらいなら多田君に聞いた方が早いかもしれない。

そういう結論に達したので、帰宅後、早速多田君にメッセージを送ってみることにした。

【部屋に行きたいときは、いつ多田君に連絡すればいいの？】

挨拶のあとにこのメッセージを送ると、数分後に短い返事が返ってきた。

【いつでも】

思わずその文面を食い入るように見つめてしまった。

――いつでも⁉　いつでもって、本当にいつでもいいの⁉

多田君、面倒くさがってるのでは？　と思ったので、再度メッセージを送る。

【いや、いつでもはダメでしょう】

もっと具体的に書こうかと思ったけど、そっちの方が面倒くさい女っぽく見えたのでやめた。

でも。

【本当にいつでもいい。なんなら今夜来てくれてもいいし、明日でもいい】

「えええええ――――っ⁉」

気が付いたらスマホに向かって叫んでいた。

どうしたの多田君。あなたこんなキャラじゃなかったはずよ。

……と、心の中で彼に問いかけたけど、本音は別のところにある。

――う……嬉しい。いつでも会いに行っていいだなんて……これって夢かな。

こんなことを言われたら、多田君に会いたいという気持ちが溢れて止まらなくなる。

【じゃあ、土曜の夜行ってもいい？】

多分この前みたいにセックスだけ……でもいい。それでも彼に会えるならと、敢《あ》えて夜という単語を入れた。

【土曜休みなら昼間から来れば】

「えっ‼　昼間から行っていいの‼」

そんなこと言われたらもう、行かないという手段はない。

週末の予定が決定した瞬間だった。

昼間から多田君の部屋にお邪魔できるのは嬉しい。でも、彼の家で一体なにをするのだろう。
土曜日を翌日に控えた金曜の夕方。帰り支度をしながらぼんやり考えていた。
――まさか真っ昼間から、する……とかじゃないよね？　……いや、可能性もなくはない……か
……？

私が思うより意外と多田君は性欲が強いのかもしれない、などと。勝手な妄想ばかりが広がっていく。

それでも人様の家にお呼ばれして行くのだから、手土産の一つくらいは持っていくべきだ。

こう思った私は、多田君になにが食べたいかをメッセージで聞いてみることにした。

【別になにもいらない】

思わず顔が無になってしまった。

――多田君だし、こういう返事がくるんじゃないかって、ちらっと考えはしたけど。まさか本当にそうきたか……

これに対してどういうメッセージを返そうか悩んでいたら、ポン。と次のメッセージが送られてきた。

【海崎さんが食べたいもの、がいい】

「……私？」

驚いて声を上げたら、目の前のデスクにいた飯野さんがこっちを見た。

「へ？　なに？」

「あ、いえ。なんでもないんですけど……あの、飯野さん。ちょっといいですか」

「うん？」

飯野さんが外出する前からデスクに置きっぱなしだった缶コーヒーを飲み干してから、私の方へ向き直った。

「男性って手土産でなにをもらったら嬉しいですかね？」

「へ。手土産？　俺はなんだって嬉しいけど……あ、一つもらっても困る物はあるか」

「なんですか、それ」

「花束」

きっぱり言われたその一言に、すぐ納得がいった。

「なるほど……確かに、男性に花をプレゼントって、よっぽどのことがないと思い浮かびませんね……」

深く頷いていると、飯野さんが気怠そうにしながら頬杖《ほおづえ》をつく。

「つーかさ、そんなの人それぞれだから。男でもスイーツが好きなヤツにはケーキ、甘い物よりがっつり食べられるようなものが好きならカツサンドとか？　その男性は何が好きなの？」

「いや、それが全くわからないから困ってるのです……」

嘘ではない。私は、多田君の好きな食べ物や趣味嗜好《しこう》が全く分からないのである。

――せ……セックスに関しては、わりとねちっこいな、っていうのが分かったけど……

でも、他の人を知らないのであくまで私基準であって、もしかしたらあれくらいが普通なのかもしれないけれど、それは置いておく。

全く知らないと言ったら、飯野さんが困り顔になる。

「おい。それってどんな知り合いなの？」

「いやあの、学生時代の同級生なんですけどね。この前の同級会で再会するまで全然会ってなかったから……あ、でもチェーンの牛丼店は好きでよく行くみたいです。それくらいしか知らないですね」

飯野さんがうーん、と悩みながら腕を組んだ。

「じゃあ、肉系かな。ご飯に合いそうな」

「それってもう牛丼の具しか浮かばないんですが……」

「いや。他にもあるだろ。唐揚げとか、ステーキとか。とにかく肉だ肉！　肉持って行っとけば間違いない！」

「え……ええ……」

断言する飯野さんを前に、どう返したらいいのかわからない。

でも、牛丼をよく食べているなら、お肉が好きなのは本当に合っているのかも。

――お肉、ねえ……

飯野さんの言葉を完全に信用したわけではない。けれど、多田君がお菓子を食べる姿というものが全く想像できなかったので、結果的に私は多田君へのお土産に「肉」を選んだ。


翌日の土曜。午前の早い時間に家を出た私は、ネットで調べた人気店でお土産を買い、多田君のマンションに向かった。

このくらいの時間にお伺いします、と多田君にメッセージを送ったら、迎えに行くと言われた。でも、なんとなく今日は一人で彼の部屋に行ってみたかったので、その申し出は丁重に断った。

せっかく休みの多田君を迎えに来させるのは申し訳なかった、という事情がひとつ。もうひとつは、彼が今住んでいる街をこの目でしっかり見てみたかったという、私の願望があったからだ。

最寄り駅は急行電車が停まらない小さな駅。そこから道沿いに商店街があり、スーパーからファストファッション、カフェ、定食屋、美容院や個人病院などが所狭しと並んでいる。車もそこそこ多いし、歩いている人も結構いる。

――多田君はこの町で生活してるのか……

といっても彼は車通勤みたいだし、駅を利用することは少ないかもしれない。それに、この駅から多田君のマンションまでは徒歩で二十分近くある。歩いて商店街に来るよりも、車で買い出しに出た方が楽かもしれない。

駅を降りてからずっと、多田君ならこうする、多田君なら多分……と、多田君のことばかり考えている自分がいて、なんだかちょっと引いた。

――私……多田君のストーカーみたいだな……

こんな女を部屋に呼んでくれる多田君って、すごくいい人なんじゃないかな。

だとしたら持参したお土産じゃ足りなかったかも、と思いつつ多田君のマンションの敷地に入った。

この前も立派なマンションだとは思ったけど、やっぱり素敵なマンションだった。

低層で、おそらく築浅。マンション周囲の植栽《しょくさい》もセンスよく配置されて、高級感を大いに醸し出している。

――改めて見ると、本当に高級マンションだな……さすが多田君だわ。

きっと多田君とこういうことにならなかったら、こんなところ一生中に入る機会などなかったはず。

感嘆のため息をつきながらエントランスに向かう。

――ん？

エントランスの自動ドア前に、若い女性が佇んでいるのを見つけた。ジャケットを羽織り、下はタイトスカートというきっちりした身なりの、多分二十代から三十代前半くらいの女性。

中に入りたいのか、それとも誰かが出てくるのを待っているのか。どちらかはわからないが、私がエントランス前に立つと、じっとこちらを見つめていた。

「こんにちは」

私が挨拶をすると、あちらも会釈して「こんにちは」と挨拶を返してくれた。女性の前を通り抜け、マンションのエントランスに入る。

事前に多田君から聞いていた部屋番号をテンキーで入力すると、すぐに多田君が応じてくれた。

【どうぞ】

スピーカーから聞こえた多田君の声に今更ながらドキッとした。今からこの人に会えると思うと、どうしようもなく心が弾む。

自動ドアを抜け、コンシェルジュの前を通り抜け、エレベーターに乗って多田君の部屋へ向かった。

「どうも」

ドアを開けた瞬間の多田君の言葉に、小さく噴き出してしまった。

「多田君、さっきはどうぞで今度はどうも、なの？　どっちも三文字……」

「……なんて言えばよかったんだ。いらっしゃい、とか？」

「いや、それはなんとなく、多田君のキャラじゃない……」

多田君がやれやれ、という顔をする。

「とにかく入って」

先に部屋の奥へ行ってしまった多田君の後を追い、リビングにお邪魔した。この前リビングであんなことになってしまったので、現場のソファーを見るだけでドキドキしてしまった。

――ダメだ、見ちゃダメ。見ると平静を保てなくなる……

「なんか飲む？」

多田君がキッチンの作業台に手を突いて、私を窺《うかが》っている。

「ありがとう……あ、そうだ。その前に。私、お土産持ってきたの」

「お土産……それは、海崎さんが食べたいもの？」

「ま、まあ、それもあるんだけど。多田君が食べそうなものも一応買ってきた」

私が紙袋から出してキッチンの作業台に置いたのは、おはぎ。

多田君がそれを無言で見つめている。

「……おはぎ……」

「そう。あんことときなことごま。ほら、デザートにもなるし、お腹も膨れるし手軽でいいかなって」

説明している最中も、多田君の視線はおはぎに釘付けだった。表情が無になっているところを見ると、もしかしてあまり好きではないのかもしれない。

――まずった。もしかして甘い物苦手だったかな。やっちゃった……

でももうどうにもならないので、気を取り直して次にいく。

「あ、あの。甘い物が苦手なあなたには、こちらにカツサンドというものもありますので……」

さっきとんかつ屋さんで購入したカツサンドを紙袋から取り出すと、多田君の視線はすぐさまそれを捉えた。

「あ。それは知ってる。開店と同時に売り切れるカツサンドで有名なヤツでしょ」

「あ、うん。だから開店前から並んだの。早めに行ったから余裕だったよ」

よかった、こっちはいい感じだ。

ホッと胸を撫で下ろしていると、多田君がいきなり私の頭の上に手を置き、ぐしゃぐしゃと勢いよく撫で始めた。

「でえええええ!? な、なにっ!?」

「いや……手土産のためだけに朝から並ぶとか、素直にすごいと思って」

真顔で感情が読み取りにくいけど、多田君は本気でそう思っているらしい。でも、その考えはちょっと間違っていると思う。

「いや、手土産だからっていうんじゃなくてさ……多田君に美味しいもの食べてもらいたかったから並んだんだよ」

普通に思っていることを言っただけだった。なのに、なぜか多田君が真顔のまま私を見つめてくる。

——ど……どうしたのかな。カツサンド実はあまり好きじゃなかったとか？

「え、ごめん。カツサンドもじゃなくて玉子焼き挟んだサンドイッチのほうがよかった……？」

不安になっていると、多田君がため息をつきながら目を伏せた。

「そうじゃなくて。……和可」

いきなり名前を呼ばれて面食らった。

——えっ……な、なに⁉　なんで突然名前呼び⁉

「俺のためなら余計無理しなくていい。手土産なんかなくたって自由にここへ来ていいんだから。……でも、ありがとう」

「へっ……」

今、多田君が私にお礼を言った……⁉

名前で呼ばれただけでなく、ありがとうだなんて。普段多田君の口からほぼ聞かれない単語ばかりで、反応に困ってしまう。

でも、そんなふうに言ってもらえて私も嬉しい。嬉しいから、手にしていたカツサンドを作業台に置き、勢いまかせに多田君の胸へ飛び込んだ。

「うわ。なに」

「……そんなこと言ってもらえるなんて思わなかった。早起きして並んでよかったな、って……」

拒否されるかなと思ったけど、そんなことはなかった。多田君の手が私の背中に添えられて、優しく撫でてくれる。

――撫でてくれるのも嬉しいけど、名前呼んでくれたよね……？　き……奇跡かな。

それともあれはさっき限定で、このあとはまた海崎呼びに戻るのかも。

「そういえば、和可がこのマンションに来たとき、エントランスに女の人いなかった？」

多田君の胸から顔を上げ、彼を見る。

名前呼びが継続していることが嬉しかったけど、それを顔に出さないよう、顔に力を入れる。

「あ……いた。パリッとした格好の女性だよね。私達と同じくらいの年齢の。もしかして知り合いだった？」

「知り合いっつーか、多分それ、遠縁の親戚」

「そうだったんだ。……もしかして、あの人多田君に会いに来てた、とか……？」

なにげなく感じていたことを口に出したら、一瞬だけ多田君の目が泳いだ。

「来るなと言っても来るんだ。もし、和可がここに来た時に乗じて中に入ろうとしても、絶対に入れないように」

「……親戚の方なのに入れなくていいの？」

「いい。面倒なことにしかならないから。そもそもマンションだって俺は教えていないのに、親族の誰かが勝手に教えたんだ。まったく、うちの一部の親族はろくなことをしない」

言い方に若干の棘《とげ》がある。これは、本気で嫌がっているということか。

――親戚なのに面倒なのか……もしかしてあの女性、多田君に気があるとか……？

それを考えると胸がチクッと痛んだ。

女性に遭遇したとき、ちらっと見ただけでとくに気にとめなかった。でも、よくよく思い返せば綺麗な人だった。そんな女性に多田君が言い寄られていると考えても、それは意外でもなんでもない。あり得る話だ。

多田君が普段塩対応だからすっかり忘れていたけど、彼がハイスペックで女性から非常にモテるという事実を、今改めて思い知らされている気がした。

「どうしたの」

多田君の胸に抱かれたまま黙り込んでいたら、頭の上からトーン低めの声が落ちてきた。

「え、あ、うん……なんでもない。それよりも、食べる？　これ」

「うん。和可、飲み物は」

「おはぎだからお茶がいいかな？　ある？」

「あるよ。確かここらへんに」

多田君が私の頭の上にある吊《つ》り戸棚を開けて、茶筒を取り出した。茶筒が有名なお茶屋さんのものだったので、さすが御曹司、いいもの飲んでるな……と思った。

「多田君が自分でお茶を淹《い》れて飲むイメージってあんまりないなあ」

「そう？　確かにこのお茶も自分で買ったんじゃなくて、誰かにもらったものだな」

でも飲んでみると意外とこれが美味《うま》かった、と多田君が急須と湯呑《ゆの》みを並べてくれた。どう考えても夫婦湯呑みだけど、これを私が使っていいのだろうか。

「あの……これ、夫婦湯呑みに見えるけど。しかもすごく綺麗……信楽焼《しがらきやき》？」

白とグレーのシンプルな陶器だけど、すごく好み。素敵な湯呑みだ。

「そう。もらいもので気に入ってはいるんだけど使う機会がなくて。ようやく使える」

同じ質感のグレーの急須に淡々と茶葉を入れている多田君に、聞きたいことはたくさんあった。

夫婦湯呑みでしかも気に入っているものを私が使っていいの？　多田君、私のことを本当はどう思っているの？　もしかして私、自分で思っているよりも多田君に気に入ってもらえているの？

口を開いたら、気になっていることが後から後から溢《あふ》れ出てきてしまいそうだったので、ぎゅっと口を閉じて我慢した。

——いけない……危うく重たい女になってしまうところだった……

重い女になってしまったら、きっと多田君に嫌われてしまう。なんとしてもそれだけは避けなければいけない。多田君の側にいるためには我慢も必要なのだ。

ソファーに座って、お茶を飲みながら軽い食事タイムとなった。多田君はおはぎを食べないのかと思っていたら、そんなことはない。小さめのおはぎは多田君の口に合ったらしく、私が買ってきた三種類を一通り食べてくれた。

「このおはぎは甘さが控えめで食べやすい」

「そうなの。だから人気があるんだよ。それに小さいから、二口くらいでいけちゃうしね」

お箸でおはぎを食べている私の横で、多田君がいきなりくくっ、と肩を揺らす。

「昔、ばーさんがさ」

「ん？　多田君のお祖母《ばあ》さん？」

「そう。お彼岸にあんこのおはぎを大量に作って。それはいいんだけど、一個一個がまあでかくてさ。それを家族みんなに一人三個は絶対に食べなさいってノルマ課されたことがあって」

頭の中ででかいおはぎをイメージする。確かに、お店や家庭によっておはぎの大きさはまちまちだけど、あんこをたっぷり纏った大きなおはぎを何個も食べるのは、なかなか大変だろう。

「そ……それはきついね」

「しかもあんこがこれでもかってくらい甘くてさ……かといって文句言うと怒るから、仕方なく家族みんなばーさんの言うこと聞いて三個食べたけど、そのあと一年くらいおはぎは見たくもなかった」

「あはっ」

思わず笑いが零《こぼ》れる。

「だからさっき、和可がおはぎを出した瞬間そのことが頭をよぎって」

なるほど。だからしばらくおはぎを見つめてたのか。

「そうだったんだ。まあ、この年になると、食べ物にまつわる思い出とかいくらでも出てくるよね」

「うん。でも、今日でおはぎに対するイメージはポジティブなものになった」

小分けされたカツサンドを手にして、がぶっとかぶりついた多田君を、無言で見てしまう。

――なんだか今日は嬉しいことばっかり言ってくれるなあ……機嫌がいいのかな?

「あ。お茶もうないね。淹れようか」

多田君のお茶が残り少ないことに気が付いて、ソファーを立とうとした。が、多田君に手を掴まれ阻まれた。

「いいよ。座ってて」

「でも……」

「もうお茶は飲まないから」

多田君が顔を傾けて、私の唇に自分のそれを重ねてきた。彼の唇からは今食べ終えたばかりのカツサンドの味がして、ちょっと笑ってしまった。

「……なに」

「だって、カツサンドの味がしたから」

「それ言ったら和可だってあんこ味」

「……お互い様だね」

一瞬だけお互いの目が合った。多田君の目尻が下がったのは見えたが、すぐに目を閉じてしまったのでその後のことはわからない。

多田君の手が服の中に入ってきて、素早くブラのホックを外された。だらんとしたブラと服を一緒に胸の上にたくし上げられ、乳房を大きな掌で掴まれた。

「和可」

キスを終えると、首筋に舌を這わせ一度だけ強く吸い上げた。チクッとしたので、痕をつけられたと察知した。

――また、痕つけられた……

彼は乳房の中心にある蕾を口に含み、舌で味わうように丹念に嬲っている。

これは、おそらくこのままここでする流れだ。

「こ……ここでするの？」

「いや？」

「いやじゃないけど……」

でも周囲は明るいし、この広いリビングの窓にはカーテンがかかっていない。もちろん向かいのマンションまでも距離があるし、樹木があるので見られる心配などはないのだが、なんとなく気恥ずかしくて行為に集中できない。

「けど？」

「べ、ベッドがいい」

正直に言ったら、多田君が愛撫を止めた。

「……ここでは最後までしないつもりだったけど」

「え。そ、そうなの⁉」

てっきり最後までするんだとばっかり思い込んでいた。そんな自分が恥ずかしい。多分今の私、顔が真っ赤だと思う。

「ご……ごめん……勘違い……」

「とんでもない」

多田君が体を起こす。それを目で追っていたら、いきなり膝をすくい上げるようにして私を持ち上げたので、びっくりして叫びそうになってしまった。

「え、ええっ⁉　ちょ、多田君⁉」

いきなりふわっと体が浮いて、反射的に多田君の肩にしがみつく格好になる。

「ここで最後まではしないけど、そのうちベッドには行くつもりだった。でも、和可がそう言うなら移動しよう」

こう言って、彼が寝室に向かって歩き出す。

「い……行くつもりならそう言えばいいのにっ。い、意地悪……」

「ごめん」

謝ってはくれたけど、心の底から悪いとは思っていない顔だ。でも、そんな顔も好きだ。

それに、私をベッドに下ろすとき、すごく優しかったからなんでも許せてしまう。

――だって、言ってることはぶっきらぼうなのに、行動が優しいんだもんな……いくらでも許せちゃうよ……

そして唇に触れてくる、彼の少し冷たい唇の感触を確かめながら、私は彼の首に自分の腕を回すのだった。

やっぱり多田君が好き。

言葉は少ないけれど、触れあっている肌は温かい。そして、優しい。セックスの最中、彼はいつも優しく私に触れてくる。まるで、心から好きな女性に触れるように。だから私も勘違いしそうになる。

自分が彼に愛されているのではないか、と。

甘い夢のような時間は経つのが早くて、日が暮れるまで私は彼の寝室から出ることはなかった。

「じゃ、また」

「うん、また……」

今回も多田君が家の近くまで送ってくれた。彼を見送ってから自宅に戻る最中、私の胸にはこれまでと違う理由のモヤモヤが生まれていた。

――やっぱり今回も好きって言われなかった……

セフレでもいいと思ったのは自分だし、体の関係を持ったことに後悔はない。

でも、彼の優しさに触れていると、自分の中に小さな欲望が生まれて、それが会うたびに大きくなるのを感じるのだ。

体だけじゃなく、私自身も好きになってほしい、と。

――私、こんなにわがままだったっけなあ……

自分でも首を傾げてしまうほどの心境の変化に戸惑いつつ、後ろ髪を引かれながら帰宅した。

第五章　山縣君のリサーチ力

多田君と一緒にいられたらそれでいい。体だけでもいい。から始まった、私と多田君の今の状態。

本当に強がりでもなんでもなく、多田君と仲良くなれたらそれで満足だったのに。

今の私は無い物ねだりだなあ、とつくづく思う。

――体だけじゃなくて心も欲しい、だなんて。欲が出てきちゃったなあ……

この前多田君のところにお邪魔してからもうすぐ一週間になる。

私としては多田君に会いたいけれど、こんなモヤモヤを抱えたまま彼に会ったら、うっかり多田君に私をどう思っているのかと聞いてしまいそう。それが怖くて、未だにメッセージの一つも送れないという私……

――聞くのが怖いならいっそこのままで、とも思うんだけど……ダメなんだよなあ、多田君の顔を見ちゃうと、やっぱり好きだから好きになってほしいって思ってしまう……

なんかもう、多田君のこと好きすぎておかしくなってない？

たまに本気でそう思う。

しかも、もしかしたら多田君から連絡があるのではないか……と頭の片隅で期待しているから、週末はなにも予定を入れないというこの状況。

最近は週末が近づくにつれ、多田君からの連絡を待ってため息ばかりが増える。

そんな私の状況を知ってか、タイミングよく美沙が食事に誘ってくれた。それに飛びつくようにOKの返事をして、早速食事をすることになった。

金曜日の仕事帰りに美沙と待ち合わせをしたのはチェーンの居酒屋だ。リーズナブルだし、個室なので周囲に話を聞かれる心配もなく気楽に会話を楽しめる。

美沙の仕事が終わる時間に合わせ、彼女の職場から近い店を予約した。待ち合わせ場所はその店が入るビルの前。

時間まで適当にぶらぶらして時間を潰し、待ち合わせのビルに向かうと、そのビルの前に見知った顔があった。

「あれ。山縣君……？」

まさか、と思いながら近づいてみる。けれど、やっぱり待ち合わせ場所にいたのは山縣君だった。

私が彼に向かって歩いて行くと、向こうも気が付いてこっちを見た。私だと分かった瞬間、山縣君の顔がパッと明るくなる。

「よー、海崎‼」

周囲に人がいるとかそういうのは全く気にせず、私に手を振ってくれる。つい苦笑いしてしまったけど、山縣君のこういうところ、嫌いじゃない。

「山縣君どうしたの？　なんでここに？」

「なんでって、美沙に呼ばれたから。今日ここで飲むんだろ？」

山縣君の言葉でピンときた。

――おっと……美沙ったら、私に内緒で彼を呼んだのかな？　まあ、山縣君ならいいんだけど、なんだかこういうの久しぶりだな。

美沙はたまにだが、私に内緒で知り合いの男の子を飲みや食事に同席させることがあった。

本人は男性に縁がない私のことを気遣って呼んでくれたつもりらしい。だけど、いきなり面識のない男性が食事の席に現れると、こっちは緊張して食事どころではないのである。

そういう事情もあり、何度かもらった機会はことごとく無駄になってしまったという、今となっては懐かしい話だ。

「うん、美沙ももうすぐ来ると思うんだけど……あ、来た」

ばっちりメイクをした美沙が数メートル先からこっちに向かって駆けてくる。ヒールなのにめちゃくちゃ早い。

「お待たせっ！　和可も山縣も」

「お疲れ様、それより、山縣君呼んだなら教えてよ……待ち合わせ場所にいたからびっくりしたよ」

指摘したら、美沙がしまった、という顔をした。

「あ、やばっ！　朝までは和可に連絡しようと思ってたのに、すっかり忘れてた……!!　よ、呼びました……こちらの方」

「こら」

山縣君が笑いながら美沙に突っ込んでいる。それを見て私も笑ってしまう。

和やかな雰囲気のまま、居酒屋の中に移動した。

この居酒屋は全室個室が売り。よって、四、五人が余裕で座れる座席で私と美沙が並んで座り、その向かいに山縣君が腰をおろした。

席に着くやいなや店員さんが水とおしぼりを持ってきてくれた。が、注文自体はタッチパネル。それぞれがタブレットを使い、適当にドリンクと食べたいものを注文した。

最初に注文したドリンクが運ばれてきた。全員生中だったので、それぞれがジョッキを手にし、乾杯した。一口飲んで、皆が一様にはあ〜、とため息を漏らす中。いきなり美沙がジョッキを置いて姿勢を正し、私に頭を下げてきた。

「和可、ごめん‼」

急に謝られてしまい、何事かと目を丸くした。

「え？　なに、どうしたのいきなり……」

顔を上げた美沙は、心苦しそうに眉根を寄せる。

「じ、実はですね……和可が多田君のこと好きだって、うっかり山縣に話しちゃった……」

「え!!!」

――話したの⁉　山縣君に⁉

美沙の告白に驚くと同時に、すぐさま山縣君へ視線を送った。すると、彼もなんだか申し訳なさそうに肩を竦めていた。

「すみません、聞いちゃいました……」

おそらくこの場合、山縣君は悪くない。なのに、美沙と一緒になって頭を下げている姿が、なんだか可笑しかった。

「な……なんで言っちゃうかなー、もう……」

驚きはしたけど、話してしまったものはもうどうしようもない。

山縣君に知られたことは恥ずかしいが、まあいいやという境地になる。

でも美沙はまだ申し訳ない顔で項垂れていた。

「ごめん……この前山縣と二人で飲みに行ったの。そのときについ、ぽろっと……」

「言っちゃったのはもう仕方ないからいいけど。それよりも、ぽろっと、って。なんで二人で飲んでいるときに私の話題が出るのよ？」

そこらへんがよく分からないのだが、どうもそこは事情があるらしい。

「だって、同級生の中で唯一多田君と連絡が取れるの、山縣だよ？　なにか、和可にとっていい情報がないかなって思って……」

美沙がしょぼん、と肩を落とす。

きっと美沙なりに、多田君に関しての情報を集めようとしてくれたのだろう。

——なるほど。それは……責められないな……

「もういいのに……でも、ありがとね。私のこと心配してくれたんでしょ？」

「うう……ごめん、和可……」

美沙を慰めていると、向かいから「おーい」と声がかかる。

「俺もいるの忘れないで……」

山縣君が悲しそうな顔をしているのを見たら、今度は笑いがこみ上げてくる。

「ご、ごめん。山縣君。忘れてたわけじゃないから」

美沙と一緒に笑っていたら、料理が運ばれてきた。まずは豆腐のサラダと野菜スティック、揚げ餃子《ぎょうざ》。それと山縣君ご所望の鶏の唐揚げ。

それぞれが適当に料理を摘まみながら、さっきの話に戻る。

「もうバレちゃったから逆に気が楽かな。そうです、私、多田君のことが好きになってしまいまして」

完全に開きなおった私を見て、山縣君が笑う。

「おお、海崎が開き直った……!! なんか格好いい……！」

「ありがとう……でも、多田君なかなか手強《てごわ》くて。私には彼が何を考えているのか、さっぱりわかりませんよ……」

開き直ったところで多田君の気持ちなどまったく分からない。かといって、体の関係があることをこの場で明かすことはできないし。ちょっと関係性が複雑というか、わかりにくいので、必要以上に状況を話すことは避けたほうがいいかもしれない。

「まあ、多田の考えることなんか誰だってわかんないよな。もしかしたら、多田の親だって知らないかもだぜ？」

山縣君が鶏の唐揚げをもぐもぐ食べながら断言する。

親でも考えてることがわからないなんてある？　と一瞬思ったけど、多田君ならあり得るな。

「そうかもしれないけど……でも、やっぱりモテるみたいで。この前、多田君のマンションに行ったんだけどそこに女の人がいて。あ、部屋の中じゃないよ。マンションの外だけど」

マンションに行った、と明かした瞬間、山縣君が咀嚼《そしゃく》を止めて大きく目を見開いた。

「なっ……!?　た、多田のマンションに行った!?　海崎が!?」

「え、う、うん……」

しまった。これって言わない方がよかったのかな。

不安になっていると、やや興奮気味に山縣君が捲《まく》し立《た》てる。

「あいつ絶対部屋に人を入れたがらないのに!!　俺がどんなに住んでる場所聞いても教えてくれなかったっていうのに、海崎はいいのかよ……」

ちょっとショックを受けているようにも見えるが、これ、どうしたらいいんだろう。

「……海崎さあ、これってどう考えても多田に好かれてるんじゃないの？」

山縣君の視線が、途端に生温かくなる。

「えっ‼　でも、私、多田君に直接なんにも言われてないよ⁉」

「多田ってそういうことあんまり言いそうにないもんな……だから、あいつの場合は言葉じゃなくて、全部態度に出てるんじゃないのかな。嫌いなヤツには連絡しないし、まず連絡先も教えないし家なんか絶対に教えない。でも、海崎にはそれを全部してる。てことは、そういうことなんじゃないの？」

山縣君が「俺、当たってるんじゃね？」と言いたげな満面の笑みでこっちを見ている。

かといって私は、それをすぐに信じることができない。

「い……いや、そんなこと……ちょ、ちょっと待って。一回整理する」

頭の中がこんがらがってきたので、一度ビールで喉を潤して気持ちを落ち着かせる。

「それとさ、俺、少しでも海崎のお役に立てればって、いくつか情報ゲットしてきたんだよ。どう、聞く？」

自信たっぷりな山縣君に、元気を取り戻した美沙が「おい……」と突っ込む。

「和可に話さないでいつ話すのよ……」

「あはっ。ま、そうか！　えーっと、まず今、多田は結構大変らしいという話は聞いた」

「大変……」

この前彼自身が言っていた、親戚のことだろうか？

「ていうかさ、山縣はそういう情報どこで聞いてくるの？」

美沙が不思議そうに首を傾げる。

「あー、俺営業職だからさ。主に得意先？　多田のところは有名だし、系列会社も多いから年配のお客さんとか取引先が結構いろいろ知ってるんだよね。でさ、多田なんだけど、どうやらあいつ一部の親戚と揉めてるらしくて」

「え。し……親戚？　揉めてるってなにを……？」

この前多田君のマンションにいた女性も彼の親戚だった。もしかしたら、あの女性もなにか事情があって彼のところに来ていた、とか……？

「多田って兄さんが家から出て、別の会社をやってるだろ。んで、実際の跡継ぎは多田。代々長子が後を継いできたから、次男である多田が継ぐっていうことに納得いかない人がいるらしいって聞いた。もちろん事実かどうかはわかんないよ？　ただ、こういうふうに言っている人もいるってこと」

「えー、なんで多田君が継ぐのだめなの？　あんなに出来がいいんだから、仕事さえちゃんとすれば文句なくない？」

美沙が疑問の声を上げた。それに山縣くんも頷く。

「普通はそうだよな。でも、多田の家ではそういうわけにいかないこともあるらしい。昔は長男がいるから、いくら出来がよくても次男や三男は我慢しなければいけないときもあった。そういう過去があったせいで、なんで俺の時はダメだったのに、二千夏は許されるんだって不満を抱く人がいると」

山縣君がため息をつきながら視線を落とす。でも気持ちは分かる。

多田君はなにも悪くないのに、なぜ文句を言われなくてはいけないのか。家それぞれに事情はあるにしても、ぜんぜん納得がいかない。

美沙も不満げに眉根を寄せる。

「それで多田君が苦労してるのか……仕事も忙しいだろうに、本来味方なはずの身内から文句言われるのは、なんか気の毒だな……」

「でさ。これはまだ極秘だけど。どうも、遠縁の家でブーブー文句言ってるヤツが、うちの娘を二千夏の嫁にしてくれるならこれ以上はなにも言わない、とか言い出してるらしいんだよな」

「よ、嫁⁉」

まさかの情報が飛び出してきた。この情報を黙ってスルーなんてできない。

驚く私を見つつ、美沙が山縣君に問う。

「よ……よくそんな内情知ってるわね。誰からの情報なのよ……」

美沙が驚くのも無理はない。私も同じ事を思ったから。

でも山縣君は、出所に関してだけは絶対に秘密だと口を噤《つぐ》む。

「誰からかは言えない。まあ、俺のお客さんなんだけど、多田の遠縁の家に近い人情報とでも言っておこうか。なんせその娘が昔っから多田のファンだったらしいから。親としては娘の希望を叶えてやりたい、っていう……まあ、親心みたいなもんなのかな。多田にとっては迷惑でしかないかもだけど」

女性と言われて、頭にぼんやりとこの前の女性が浮かんだ。多田君のマンション前に佇んでいた女性だ。

「もしかしてこの前、私が多田君のマンションの外で見た女性がそうなのかな……」

「名前とかはなんにもわかんないけどな。俺らと同じくらいの年齢の綺麗な女性らしいぞ」

――なんかそれっぽい……あの人かもしれない……

考え込む私を見つめ、美沙と山縣君が神妙になってしまった。

「あ、ごめん。場の空気が重くなっちゃったね……」

「いや、いいんだけど。でも、海崎が気にしなくても、多田はちゃんと自分の意見を言える男だから大丈夫だと思うぞ」

「そうだよ。あの多田君だもの。口の悪さには定評のあるヤツだからな」

なと言われてもそんなの無視してはっきりきっぱり言うタイプだと思うし……」

まず山縣君が、そして美沙が。落ち込みかけた私を慰めてくれた。

でもその慰め方がどこか可笑《おか》しい。事実だけど、ちょっとディスりも入ってないか。

「ふっ……ふふ。慰めてくれてるのは分かるんだけど、多田君言われたい放題だね。本人がここにいたらすごく不機嫌になりそう」

堪えきれなくて笑い出したら、山縣君もプッ、と噴き出した。

「確かに。フォローしたつもりが全然フォローになってなかった……多田、すまん……」

「いや、一番酷いこと言ってるの私だし……」

美沙も笑う。

二人に励ましてもらったお陰で、だいぶ元気が出た。

「ありがとね、二人とも。とくに山縣君。多田君の情報たくさん仕入れてきてくれてありがとう。私、本当に多田君のことあんまり知らないから、嬉しかった」

「おう。俺でよければいつでも協力するからさ！　でも、海崎なら多田に直接聞いてみてもいいんじゃねえの？　あいつ、お前にはいろいろ話しそうな気がする」

「そうかな～～……でも、聞いたらうざがられそうで、怖くて」

多田君は、追いかけたら逃げそう。

ずっとそう思ってきたので、あんまり私からぐいぐい迫るようなことはしたくなかった。

連絡をするくらいが精々。それ以上のことをしたら、向こうが私から去っていきそうで、怖くて私的なことはなにも聞けなかった。

でも、予想以上に多田君を好きになり、ただのセフレでは満足できなくなってきてしまった。

となるともう、私もこれまでみたいな態度で接してるだけじゃダメなのかもしれない。

しんみりしていると、いきなり背中にバーン、と衝撃を感じた。美沙に叩かれた。

「なーにしんみりしてんのー！　大丈夫だって、和可にだけ名刺くれたり部屋に上げたりしてくれたんでしょ！　絶対多田君、和可に好意持ってるから‼」

「そうだよ、俺なんか部屋にも上げてもらえないのに……‼」

不満げな山縣君にまた笑ってしまいそうになる。でも、二人に励まされて少しだけ勇気をもらえた気がする。

「うん、わかった。まあ、ダメ元で頑張ってみるよ」

とりあえず嫌われるのも覚悟して、私にできることをやるしかない。

というか、それしか方法がなかった。


まず多田君に会うためにこちらからメッセージを送らないといけない。

そのことがずっと頭にあった。でも、これまでとは違う関係性を構築していきたいと思うと、どうしても連絡できなかった。

――セフレから一歩先に進みたい。でも、それを拒絶されたらもう多田君に会えなくなる。そうなったら、辛い……。

職場から帰宅後、自分の部屋でスマホを持ったまま、はあー……とため息をつく。これももう何度目になるだろう。

「多田君に会いたいな……」

冷たくても口が悪くても塩対応でもなんでもいい。そこが好き。変なヤツだと思われるかもしれないけれど、世界にこんな女が一人くらいいたっていいんじゃないだろうか。

それに、もし多田君に振られたとして。私は次に恋をすることができるのだろうか。

――だって、多田君みたいな人なかなかいないよ？　同じような人を探すなんて、到底無理な話だしなあ……

なぜか振られたあとのことを考えていた私だが、いきなり持っていたスマホが震えたので激しく驚いてしまう。

「わ、びっくりした！」

メールかと思ったら震えが止まらない。音声着信だったうえに、しかも発信元は……多田君だった。

「た……多田君⁉」

嘘でしょ⁉　と半信半疑でスマホをタップし、すごい早さで耳に当てた。

「多田君⁉」

『そうだけど』

聞こえてきた声が本当に多田君だった。今の今まで考えていた人から電話がくるなんて、こんな奇跡ってあるんだ。

まだ彼は一言しか声を発していないというのに、すでに私の心臓がバクバク音を立てている。

こんな状況で普通に話なんかできるのだろうか。

「ど、どうしたの？　多田君が連絡くれるなんて珍しいね」

『いや、用事があれば普通に電話ぐらいはするけど。それより、このところ和可から連絡がないから。なにかあった？』

確かにここ数日は電話はおろか、メッセージも送っていない。

でもそんなことは多田君にとって、きっと些細《ささい》なことだと思っていた。

「え……もしかして心配してくれたの？」

意外、と感じているのが思いきり声に出ていたと思う。それを、聡《さと》い多田君が見逃すはずなかった。

『……俺が君の心配などしない男だと思ってた、というようにも聞こえるけど』

「う。多田君、鋭すぎる。……でも、ありがとう。まさか心配してくれてるなんて思わなかったよ」

『で、実際のところはどうなんだ？　なにかあった？　もしくは体調が悪いとか』

「ううん、なにもない。元気だよ。ただ、ちょっと忙しかっただけ」

『そう』

発する言葉は短いけれど、そこに安堵が含まれているのがなんとなくわかった。彼と一緒にいる時間が長くなればなるほど、この人のことがよく分かるようになっていた。

——なんだか私、本当に彼女みたいだなあ……違うけど。

『……一応』

「えっ、はい？」

『反省したんだ、これでも』

「な、なにを？」

いきなり反省という言葉を口にされ、頭の中に「？」が広がった。

——多田君が反省するようなことなんかあった？　なにかされた記憶は、ないけど……

『君に会うたびに、体だけの関係みたいなことをさせていると』

言われた瞬間、背中の真ん中辺りに冷たいものがつー……と流れていく感覚があった。

セフレのことだと咄嗟にわかった。

「あ、あの、多田君。それに関しては……」

『とりあえず聞いてくれないか』

ぴしゃりと言われて、思わずグッと口を噤んだ。

何を言われるのかわからない。もしかして、こんな関係は早々に止めるべきだ、とか言われるのでは。

想定していた最悪の事態。それがすぐそこまで迫っているような気がした。

『……和可には悪いことをしたと思っている』

やっぱりそうくるか、と。

この後の流れなど、容易に想像できる。きっともう二度と会わない、これきりにしようって言われるんだ。

聞きたくなかった。

「わ、悪いことなんか、なにもされてないけど……」

『されてるだろ。まだお互いの気持ちをはっきり確認もしていないのに、ああいうことになって。普通の女性なら順番が違うと怒りそうなものなのに、君はなにも言わないから』

――だって、順番なんかどうだっていいと思えるくらい嬉しかったんだもの。仕方ないじゃない。それくらい、多田君のことが好きだから。

「だって……」

『……だから。つい欲望に負けてあんなことになってしまったんだけど。でも、俺の中ではずっと、君への気持ちは変わっていないから』

「え？」

――君への気持ちが変わっていない……？　それって、どういう意味……

ずっと下がっていた視線が自然と上がる。

『和可のことを愛《いと》しく思っている。誰よりも』

――……え？

「えええええっ‼」

驚きのあまり大きな声を出してしまった。さすがにこんな声を出されるのは想定外だったのか、スマホの向こうで『声がでかい』と嘆かれた。

「だ、だって‼　今、多田君がまるで、私の事が好きみたいなこと言うから……‼」

『言ったけど』

「……っ、え、えっと、待って。私、状況がよくのみ込めなくて」

『要するに、今までセフレみたいな扱いをしていて申し訳なかった、ちゃんと好きなのでお付き合いしてくれませんか、ということが言いたいんです。俺は』

「うそ……‼」

スマホを耳に当てたまま天井を見つめた。部屋の照明を見ていたはずなのに、いつの間にか照明が涙でぼやけ始めた。

多田君に告白されるという奇跡が、今まさに自分の身に起こっている。

それがまだ信じられない。

『返事は？　和可』

「へ、へんじ……‼　はい、あの……私も多田君が好きです。お付き合いしたいです」

『しよう』

しっかりした返答に、喜びを噛みしめる。今の多田君の言葉を録音したかった。したら、絶対に何度も何度も繰り返して聞くのに。

「多田君……」

浅い呼吸を繰り返して、なんとか気持ちを落ち着ける。

『ん？』

「多田君に会いたい」

思わず願望が口から漏れ出てしまう。

いくらなんでも無理かな、と思っていたのに、彼の返事は違っていた。

『いいよ。迎えに行く』

「えっ、いいの？」

『もう仕事は終わってるから。職場から直接家の近くに行くよ』

「うそ……ありがとう……わがまま聞いてくれて」

でも、さすがにこれはわがままだったかな、と自分を省みる。多田君だって仕事で疲れているかもしれないのに。

『いや、いい。むしろ俺も和可に会いたかったから』

待ってて。と言って通話が切れた。

私はもう繋がっていないスマホを持ったまま、しばらくその場を動けなかった。

多田君が私の事を好き……‼

さっきの言葉を思い返すと、どうしたって顔が緩んでしまう。

――う……嬉しい……‼

嬉しさのあまりその場で何度もステップを踏んだ。なんならスキップしたかったけど、ここは二階なので、多分一階にいる家族に迷惑がかかる。

嬉しさと同時に、世話になった二人の顔が浮かんだ。思いが通じたことを二人に伝えようかとも思ったけど、今はそんなに時間がない。

まずは、多田君に会うことが先決だ。

慌てて部屋着から出かけても問題なさそうな服に着替えた。髪は鏡でチェックし、手ぐしで済ませた。もうこれでいいや。

一階に降りて、友達に会ってくるとだけ伝えて家を出る。

何度か待ち合わせしている場所に向かい、そこで彼を待つ。

彼と晴れて恋人同士となって、初めての逢瀬《おうせ》。ときめきもいつもとはどこか違う。

——セフレじゃないんだ……

もしかしたら、多田君も私と同じようなことで悩んでいたのかもしれない。

私は美沙や山縣君に、セフレのことは言っていないけれど相談できた。でも、多田君は誰にも言わず、一人で悶々としていた可能性が高い。

今夜は彼と、ちゃんと話をしよう。

そう決意して彼を待つこと数分。見慣れた車が私の前で停車した。

窓越しに彼と目線を合わせてから、素早く助手席のドアを開け、座席に滑り込む。

「とりあえず、どこかに行こう」

「うん」

会ったらいろいろ話したいことがあった。でも、彼の顔を見たら全てどうでもよくなってしまった。

ただ会えるだけで、じゅうぶん嬉しかった。

「和可、食事は?」

「え、あ。もう済ませちゃった。でも、多田君がまだなら付き合うよ」

「……この時間から外食……」

「多田君、顔に面倒くさいって書いてあるね……」

時刻は夜の八時過ぎ。別に、外食をするのに遅すぎるという時間でもない。

「じゃあなにかテイクアウトでもする？　ジャンクなものでもいいよ。あ、牛丼でも……」

「普通、デートならもっとお洒落な場所の方が女性は喜ぶのでは？」

どうやら私のことを気遣ってくれているらしい。

でも、今の私の服装でお洒落な場所に行くのはちょっと気が引ける。なんせ部屋着にカーディガンを羽織り、そのへんにあったデニムを履いただけのお気楽カジュアルスタイルだからだ。

「気持ちは嬉しいけど、こんな格好ではお洒落な店など行けません……」

がっくり肩を落とすと、多田君がふっ、と笑いを漏らす。

「そうか、ごめん。じゃあドライブスルーでハンバーガーでも買うよ」

クスクス笑いながら、多田君が通り沿いにあったハンバーガーショップにハンドルを切った。ドライブスルーでダブルチーズバーガーとアイスコーヒーを注文。ついでに私もポテトとアイスティーをお願いした。

私は普段あまりサイドメニューのポテトを買わないので、随分久しぶりだ。

「どこで食べるか……うちに行ってもいいけど、たまには違うところに行こうか」

「えっ。う、うん」

多田君がこんなことを言うなんて珍しい。それに、これは本当に私の感覚だけれど、今夜の多田君はいつもと雰囲気が微妙に違うような気がする。

──もしかして、付き合い始めたからかな……？　多田君みたいな人でも、彼女に甘くなったりとかするの……？

多田君の恋愛経験など全く知らないので、本当のところはわからない。これぱかりは、実際に私が経験してみないと。

──多分、聞いたって多田君は教えてくれないよね。それに本人がそういったことを自覚しているかどうかだって分からないし。

膝の上にハンバーガーショップの紙袋を置き、こんなことを考えている間。多田君が運転する車が、だんだん高台《たかだい》の方へ向かって行く。

「ねえ多田君。この車はどこに向かってるの？」

「んー……大体想像ついてると思うけど」

「いや、全然わかんないです……」

本当に？　という顔で多田君が視線を寄越す。

「だってさっきまでは住宅もポツポツあったのに、道以外なにもないから」

「もうすぐだよ。この高台は公園になってるんだ。そこで夜景でも見ながら食べよう」

涼しい顔で教えてくれた。

正直、多田君がこういう場所を知っていることが意外だと思った。

「てことは、多田君も何度か来たことがあるの？」

「まあ、数回」

――あるんだ。

それってもしかして女性かな、などと。余計なことがよぎってしまった。

「そ……そうなんだね」

「一人でね」

「え？」

咄嗟に多田君を見る。

「今、女と来たのかって考えてただろ。顔に出てた」

「えっ⁉　嘘だ！」

「いや。和可はわりと考えていることが顔に出やすいから。よく分かるよ」

そ……そうなの？　しらなかった……

今明かされた真実にショックを受けていると、坂道を上りきった車が夜景の見える公園の敷地に入った。

そこは本当に小さな公園というか、展望台だった。駐車場もちゃんと整備されており、先客の車も数台停まっていた。

柵で囲まれた展望台の近くにあるベンチには、座っている人の姿が見える。

「これは、なにげに隠れたデートスポットなのでは……？」

駐車場にはドリンクの自動販売機もある。ここでなにか飲みながら、夜景を楽しむことができるというわけか。カップルには絶好のスポットではないだろうか。

「かもね。俺がここに来ると、大概先に何組かのカップルがいる」

多田君は他の車が停まっているところから、少し離れた駐車スペースに車を停めた。

車から降りるのかな？　と彼の動きを目で追っていたけれど、どうもそういった気配はない。

「ここで食べるの？」

「……カップルに囲まれながら食いたい？」

聞いたのはこっちなのに、聞き返された。

「それは……ちょっと緊張するかも……」

「あとで展望台には行くよ。まずは腹ごしらえと」

「と？」

他にもなにかあるの？　と聞こうとしたら、いきなり多田君の綺麗な顔が近づいてきた。

え、なに？　と思う間もなく頬に彼の手が添えられ、勢いよく唇を塞がれてしまう。

触れた瞬間に驚きでビクッと体が揺れてしまったけれど、意表を突いたキスが嬉しかった。

多分、多田君はすぐに止めるつもりだったと思う。一旦唇が離れかけたから。でも私が止めたくなくて、多田君の首に腕を回し、しがみついてキスをせがんだ。

「……和可、どうしたの。やけに積極的だけど」

「だ……だって、嬉しいから……あと、好き」

溢れ出る気持ちを抑えきれなくて気持ちを口にしたら、多田君が目をパチパチさせた。

「積極的な和可もいいいな」

クスッと笑った多田君と至近距離で見つめ合う。街灯は点いているけれど、周囲はそれ以外の明かりがないので車内は暗い。

でも、多田君の綺麗な切れ長の目ははっきりと見える。その瞳は、いつになく熱が籠《こ》められている気がした。

「俺も好きだよ」

お返しとばかりに気持ちを口にしてから、再びキスをする。舌を絡め合いながら、好きな人と気持ちが通じ合った喜びに思いきり浸っていた。

多分かなり長い間キスをしていたと思う。その証拠に、キスを終えて何気なく駐車場に停めてあった他の車の方へ視線を送ると、あったはずの車がなくなっていたから。

「あれっ？　さっきまであそこに車停まってたよね？　いつのまに」

ハンバーガーショップの紙袋からダブルチーズバーガーを取り出していた多田君が、ちらっとこちらを見た。

「さっき出てったよ。ちょうど出てくときにライトがこっちを照らしたんで、キスしてたの多分見られた」

「えっ……嘘」

多田君がカサカサとハンバーガーが包まれた紙を開く。

「本当。でも、お互い様だろ。向こうだってそういう目的でここに来てるんだろうから。気にしなくていい」

しれっと言い放ち、ハンバーガーにかぶりつく多田君に唖然《あぜん》とする。

――キスシーンを見られたのは多田君だって同じなのに、この人はなんでこんなに平然としていられるのだろう……経験値の違いなのか……

まあでもそれが多田君か……と。ある意味納得の行動でもある。気を取り直して私もちびちびとポテトを摘まみながら、アイスティーで喉を潤した。

多田君はあっという間にハンバーガーを食べ終え、アイスコーヒーを飲んで一息ついていた。

「足りた？」

「うん」

ちゅー、とアイスコーヒーを飲みながら頷く彼が、なんだか可愛《かわい》く見える。

――うん。だって……‼　多田君可愛い……‼

この人が自分の彼氏なんだなあ……と改めてしみじみしてしまう。

そんな私に、アイスコーヒーをドリンクホルダーに置いた多田君が話しかけてくる。

「展望台行く？」

「あ、うん。行く」

私もドリンクホルダーにアイスティーを置き、彼に続いて車を降りた。

多田君の後ろにぴったりついて展望台に向かって歩く。さっきまで展望台の隣にあるベンチにはカップルがいたはずだが、いつの間にかいなくなっていた。

「ここにいた人達いなくなってるね」

「さっき車に向かって行くのが見えたから、多分今頃、車の中じゃないか」

私は全然気がついていなかったのだが、多田君はしっかりそれを見ていたらしい。

この人、本当に見ていないようでしっかり周囲を見ているな。

展望台のデッキに出てみると、今の今まで私達がいた街の夜景がよく見える。

私自身、夜景にそれほど興味はなかった。でも実際こうやって見てみるとやっぱり綺麗だと思った。

「わー……なんか、こういうのもたまにはいいね。カップルが見に来るのも分かる気がする」

夜景を見つつ、隣にいる多田君にも視線を送ってみる。案の定無表情なので、正直何を考えているかはよく分からない。でも、ちょっとだけすっきりした顔をしているような気もする。

「ただぼーっと景色を眺めたいときは、よくここに来るんだ。なにをするでもなく、ただタバコ吸ったりとか……」

「え。多田君タバコ吸ってたっけ？」

「前ね。今はもう吸ってない」

「そうだよね。部屋に行ったときもタバコ吸ってた形跡がなかったし、匂いもしなかったし」

少なくとも私の中では多田君とタバコというイメージがない。

「吸いたい時期もあったってことで」

多田君が苦笑する。

この人でもそんなときがあったのか。

「……やっぱり、社長になるまでは大変だったの？」

今まであまり仕事に関することは聞かないようにしていた。でも、タバコの件や山縣君に聞いた話がどうにも気になってしまい、聞かずにいられなかった。

「俺自身は大変でもなかったけど。でも、周りがうるさくて。それが一番悩みの種だったかな」

「周り……とは」

「親戚。全員じゃないけど、本当に余計なことばっかり言ってくるから」

それを聞いて、この前の女性が頭に浮かんでしまった。

「あの……この前、マンションにいた女性とか……？」

「ああ、葉月《はづき》？」

葉月っていうんだ。

「うん、まあ……あの人も親戚なんだよね？」

「すごく遠いけど、一応。あとこれは、和可には話しておいた方がいいと思うから話すけど」

前置きだけでどういったことを言われるのかが、なんとなくわかった。

多分、この前山縣君が言ってたことだ。

「親戚の間で葉月との結婚話が持ち上がってる」

なにを言われるのかが分かっていても、やっぱり本人の口からはっきり言われるのはキツい。自分では大丈夫だと思っていたのに、胃の辺りがきゅうっとなった。

――か、体って正直だなあ……

「そ、そっか……でも、由緒ある家柄とかだと、そういうのよくあるみたいだもんね」

といっても小説やテレビの中だけの話だと思っていたし、私の周りでそういった話なんか一切聞いたことがないけど。

あはは、と乾いた笑いでなんとかこの場を乗り越えようと思った。でも、なぜかいきなり多田君に手首を掴まれてしまう。

「和可、聞いて」

いつになく真剣な多田君の眼差しに、こっちまで真顔になってしまう。

「俺が結婚したいと思っているのは和可だけだ」

「えっ」

まさかの告白に、これ以上声が出ない。

「葉月との縁談は親戚が勝手に言っていることだ。だから」

多田君が私の手に自分の指を絡めて、握り返してくる。

「俺と結婚してくれ」

指を絡めた手を彼が口元に持っていき、手の甲にキスをされる。

これは、プロポーズだ。

それを理解してすぐ、嬉しさがぶわっと全身から溢れそうになる。でも、すぐに理性が待ったをかけた。

まだ私の手の甲に口づけしたままの多田君が、目線をこっちに寄越した。

「う……嬉しいです。私、多田君にそんなこと言ってもらえるとは思わなかったから。でも」

「でも？」

「……私に社長の奥さんなんか務まるのかが、ちょっと不安……」

正直に不安を吐露すると、多田君が私をぎゅっと抱きしめた。

「社長の妻ったって、実際妻がする仕事なんかない。和可は、俺の側にいてくれるだけでいい」

「でも、親戚の皆さんが……」

「そんなもん気にしなくていい。俺がどうにかする」

力強い言葉に胸がきゅうっとなる。と同時に親戚のことをそんなもんとか言っちゃう多田君に笑えてきて、彼の胸の中で顔が緩んでしまうのを止められない。

多田君が言うと、無理そうなことでも本当になんとかしてくれそうな気がする。

まるで、広くて深い大きな海のような人。

この人にずっとついていきたい。心からそう思った。

「わかった。でも、親戚の人と揉めるのはだめだよ」

彼の胸から顔を上げて、私を見下ろす多田君と目線を合わせた。

「それでも一応親戚には変わりないわけだし、多田君にはあんまり敵を作ってほしくないの。だから……お願いします」

「わかった。和可がそう言うなら、その通りにする」

――あっさりわかってくれたけど、実際どうやって断るのだろう？

疑問は残るけど、とりあえず今はもういいか。

私としては他になにも異論や問題はないので、再度多田君の胸に顔を埋めた。

どうしたって嬉しくて顔が笑ってしまう。こんな顔を、多田君に見られたくなかった。

「よろしくお願いします……」

「うん」

多田君の腕が私の体を強く抱きしめる。ちょっと痛いくらいだけど、むしろ気持ちがいい。

「多田君が好き。すごく好き」

さっき両思いになったと判明したばかりなのに、その日にプロポーズとか。

今日ってどんな日なんだ。

「分かってる」

「でも、どうしよう。まだ全然実感が湧かないや」

「……実感か」

しばらくの間無言が続く。

まずい、変なこと言っちゃったかな。

ハラハラしながら多田君の様子を窺う。斜め上を見つめているところを見ると、なにかを考え込んでいるようだった。

「……じゃ、指輪でも買いに行く？　さすがに今夜はもう無理だけど」

実感イコール結婚を約束した証拠、という解釈をしたらしい。でも、私が言っているのはそういうことじゃない。もちろん、指輪も嬉しいけれど。

「あ、いや、そういうつもりじゃなかった……指輪が欲しいとか、そういうんじゃないの。私の気持ちの問題だから……」

「いや。指輪は和可が俺のものだって印でもあるから。なるべく早く買おうと思う。それは問題ない？」

「は……はい……」

多田君が俺のものとか、印とか。そういったことを言うとは思わなかった。

意外と独占欲が強いタイプなのだろうか。

でも、そんなところも実はそそる。

「私も多田君に私のものだって印、つけたいから。一緒だね」

「俺は印なんかあってもなくても、和可のものでしかないけど」

でも、和可がそう言うなら喜んで印をつける。といった内容のことを続けて言っていた気がする。

でも、私は既に印をつけなくても私のものだ、という台詞にやられて、あとの台詞が全然頭に入ってこなかった。

——多田君、付き合い始めたらめちゃくちゃ甘くない……?

塩対応の多田君しか知らない人が聞いたら、絶対多田君が言ったって信じてもらえないと思う。多分、山縣君が知ったら卒倒するんじゃないかな。

「……多田君って、なんていうか……知れば知るほど奥深いっていうか……発見が多いよ」

「それは褒め言葉?」

眉根を寄せる多田君に、「そうです」と断言した。

私にとってはそういうところも、彼を愛おしく思うポイントだから。

「和可が好きになってくれるならなんでもいい」

「だから、どうしてそういうことをさらっと……」

言った方じゃなくて、言われた方がこんなに恥ずかしいっていうの、いつまで続くの？

「なにも言わない方がいいの？」

えっ、と思って多田君を見る。真顔で私の返事を待っている彼を見ると、どうしても嘘はつきにくい。

「……言われると恥ずかしいけど、言ってくれた方が嬉しいです。だって、多田君って言葉にしてくれないと、何考えてるかわかんないんだもん」

「そんなにか」

心外、という顔をされる。

どうやら彼は、自分がわかりにくい人間だということに、気がついていないらしい。

「あんまり外にいるのも体が冷えていけないな。そろそろ車に戻ろうか」

「あ、うん」

確かに食後の夜風は気持ちよかったけれど、だんだん体が冷えてきたように感じる。

ごくごく自然に多田君の手が私の手に触れ、そのままぎゅっと指を絡めて握られた。

「わあ、なんか恋人っぽいね！」

「恋人だけど……」

そのときの多田君の困り顔が可愛くて、しばらくの間、何度も何度も思い返してはニヤニヤしてしまった。

家の近くまで送ってもらい、帰り際にキスをして別れた。

そのときに、今度指輪を買いに行こうというのと、親に挨拶がしたい、とも言われた。

――多田君にプロポーズされたのは、夢じゃないんだよね……

ふわふわした足取りで家に帰る途中、近いうちに美沙や山縣君にも報告しなければ、と。そのことで頭がいっぱいになっていた。

このときの私は、ただ一つの気がかりである葉月さんのことなど、すっかり忘れていたのである。

第六章　婚約者になって

恋人ができて、プロポーズもされた。

こんな夢みたいなことが一度に起こると、普通はテンションも上がりどこか夢見心地な、いわゆるプロポーズ・ハイになりそうなものだ。しかし、私の場合はちょっと違っていて、相手が多田君という事情もあってか、逆に冷静になってしまった。

——浮かれてる場合じゃない。多田君みたいな人と結婚するなら、いろんなことをちゃんと段取りよく進めていかないと……！

いつまでも浮かれているだけじゃだめだ。多田君にがっかりされないためにも、忙しい彼に代わって、私一人でできることはどんどんやっていかないと。

気合いが入ったところでまずなにをするかというと、親に報告した。

恋人ができたことと、その彼にプロポーズされたこと。一度に話したら、私よりもまず母が驚いていたようだった。

「は？　恋人できてプロポーズされたって……それ、冗談じゃなくて⁉」

翌日、仕事を終えて帰宅してすぐ、キッチンで夕食の支度をしている母に何気なく話した。

驚かれるのは想定内だったけど、信じてもらえないというのは想定外だった。

「な……なんで信じないのよ。本当だって‼　ちゃんと結婚してくれって言われたの！　今度、一緒に指輪買いに行こうって話になってるし」

「えええ……本当なの？　それより相手の人はどんな人なの？　身元はしっかりしてるの？」

未だ訝しげな母に、仕方なく相手の名を明かす。

「多田君だよ……中学の時同じクラスだったから、身元はちゃんとしてる」

さすがに多田君のことなら覚えているだろう。

「え、多田君って……もしかしてあの多田君？　道生工業の」

それまで作業の手を止めなかった母が、ここでようやく手を止めた。

「覚えてるんだ。そう、同じクラスだった多田君だよ。めっちゃ頭のいい……」

「あの多田さんとこの息子さんってこと⁉」

母の記憶には、頭の良さ云々よりも大企業の息子というイメージなのか。

「そう……その多田さんとこの二千夏君なの、相手……」

ずっと立っていたけど、話が長くなりそうだったのでダイニングの椅子に座った。

「だって、そんなことここ数年なにも言ってなかったよね？　どこでどうしてそういう話になったの」

「この前の同級会だよ。そこで再会したの」

夕食のときに欠かさず飲む煎茶を湯呑みに入れながら説明をする。

「……まさかの多田さんが相手とはねえ……」

母が大きくため息をつく。あまり喜んでいないようにも見える母の様子に、胸の辺りがざわついた。

「なにか気がかりなことでもあるの……？」

恐る恐る尋ねると、母がハッ、とする。

「いや。そうじゃないのよ。もちろん娘がプロポーズされたことは素直に嬉しいわよ。でも、多田さんのところにお嫁に出すとなると、親もそれなりの覚悟しないといけないじゃない。ちょっと気合いを入れないといけないなって……」

「気合いって。やっぱり多田君のところってそんなにすごい家なの？」

母が手にしていた菜箸を作業台に置き、エプロンで手を拭く。

「すごいのはもちろんだけど、あそこの奥さんがねえ……あ、二千夏君のお母さんね。和可が中学の時にＰＴＡで一緒になったことがあるのよ。多田さんがＰＴＡ会長で、私が副会長」

「えっ！　そ、そうだったっけ」

「そうよ‼　すっごく大変だったんだから‼　仕事休んだり早退して学校行って。学校行事があるときはクックタクタだったわよ！」

母が憤慨しているのを見ると、当時は相当疲れていたのだろう。

言われてから思い返してみると、確かに中学二年くらいのときに、母がなにかと学校に出向いていたような気がする。

「大変だったんだけど、そのときの会長が多田さんでね。一言で言うとものすごくそつのない方。段取りはしっかりしてるし、話も上手い。説得力もあるから、先生達はもちろん、一癖二癖ある保護者の人もすぐ納得させちゃうの。お陰で私はだいぶ楽させてもらったわ」

「へ、へえ……さすが、多田君のお母さん……」

息子があんな感じ。となると、必然的にお母さんもできる人を想像するけど、やっぱりそうなんだ。

「でも、そうしたらむしろ多田君のお母さんにはいい印象を抱いてるんじゃないの？」

「そりゃあの人に対してはいい印象しかないけど、娘を嫁に出すとなると話は別よ。結婚は個人だけの問題じゃないでしょ。家同士が繋がるわけだし、こっちになにか問題があればあのお母さんは黙ってないと思うから」

「問題って、そんな大げさな。べつにうち、大きな問題なんか抱えてないでしょ？」

そこまで大事に考えなくてもいいのでは？　と思うけど、母の考えはどうも違うらしい。

「一般家庭から名家に嫁ぐって大変なのよ。うちでは当たり前だったことも、向こうでは違うってこともある。そんなときに一般家庭の出身だというと、それに対して何か言う人がいないとも限らないでしょう」

「それは、まあ……そうかもしれないけど……でも、多田君はそれに関してなにも言わなかったな」

彼のことだから、多分もろもろ承知はしているんだと思うけど。

「万が一よ。和可が多田さんの奥さんの気に障るようなことをしたら、責められるのは和可だけじゃないだろうし。そうなると、うちも気を引き締めて生活していかないと」

「そこまで言うかな。多田君のことだから、厄介事とか面倒事は全部片付けてくれそうな気がするけど……」

しかしここで、母がじろっと私を睨《にら》んだ。

「和可～……。あんた、結婚するのは自分なのに、二千夏君に全部丸投げでいいわけ？」

「え。丸投げって……そんなつもりはないけど」

もちろん、結婚する以上なにか問題が起きたら二人で力を合わせて解決するべきだと思う。

でも、私がなにかする前に多田君が全部やってしまいそうだと思ったからなのだが。

母がダイニングの椅子の背に手を乗せ、はあ～、とため息をつく。

「今の発言は全部丸投げしてるのと同じでしょ～。結婚するなら、自分が大変な事にならないように、あとのことも考えてその辺を二千夏君に確認しておきなさいよ」

「か、確認……」

「それをクリアにして、それでも和可が二千夏君と結婚したいなら、私はなにも言わないから。もちろんお父さんもね。そもそも娘の恋路に口を出すのは野暮だと思ってる人だし」

放任主義なんだと勝手に思っていたけど、そういうことだったのか。

「わ、わかった……」

名家との結婚って、大変なんだな……

それから数日後の土曜日の夜。

多田君にプロポーズされたことを報告したくて、美沙と山縣君を食事に誘った。あと、多田君も。

場所は同級会もやったあのイタリアンバルにした。週末の夜とあって、まだ時刻は夕方の6時過ぎだがすでに半分ほどの席が埋まっている。客層はほとんどが若い女性のグループやカップルだった。

「予約しておいて正解だったね」

賑《にぎ》わう店内を眺めながら呟いた美沙に、激しく同意した。

「ほんと。この店人気あるんだねえ……」

確かにこの前来たとき、どの料理も美味しかったので人気があるのは納得しかない。

予約してあることを店員さんに告げると、四人掛けのボックス席に通された。

私と美沙が向かい合うように腰を下ろすと、数分後に山縣君がやってきた。多田君はというと、所用で少し遅くなるというメッセージが入っていたので、まだこの場にはいない。

というわけで多田君を除いた三人でまず乾杯をする。全員がグラスビールを手に、軽く掲げた。

「で、あの……今日来てもらったのには訳がありまして……」

グラスを置き、説明を始めた。でも、すぐにそれを山縣くんに遮られた。

「あー、わかってるって‼　多田とうまくいったんだろう？　よかったな！」

「え。私まだ誰にも話してないのに、なんでわかったの」

「そんなの、海崎の顔を見ればすぐ分かるけど」

――うそ。

慌てて美沙の反応を窺うと、彼女も笑顔で頷いていた。

「わかるよー。会ってすぐ、これはうまくいったなって気がついたけどね」

「ええ……そんなにすぐわかるもんなの……？」

自分ではあまり顔に出ない方だと思っていたのに。

「まあまあ、おめでたいことなんだからいいじゃない。それで、今夜のもう一人の主役は遅れてくるんだっけ？」

美沙に聞かれて、うん、と頷く。

「そうなの。なんか用事があるらしくって。でも、さっきこれから向かうってメッセージ入ってたから、もうじき来るとは思う」

「あんなに塩対応でこういう集まりとは無縁だと思ってた多田君も、大好きな和可の為なら時間を割いてくれるのね……なんか、いいな」

グラスビールを片手に美沙がうっとりしている。

大好きな和可、のところがどうもむず痒くて、思わず美沙から視線を逸らしてしまった。

「多田君来たらあんまりそういうこと言わないでよ……私も、両思いになったって知ったのほんの数日前だから、まだ慣れてないいんだよ、全然……」

「あら、和可ったら可愛い。そういうところも多田君は可愛いって思うんじゃないかな」

「そうそう。海崎って意外とピュアっていうかさ。あんま中学の時と変化ないから、そういう部分が多田のツボなんじゃないかな」

美沙の意見に山縣君も同意する。

ピュアだなんて初めて言われた。

「そんなことないと思うけどなー……ただ単に、中学時代となにも変わってないってだけじゃない？　そんなの私以外にもたくさんいると思うけど」

「いや、違うと思うぞ……じゃなきゃ多田が惚れないだろう。きっと、海崎には多田にしかわからない何かがあるんだよ、きっと」

ビールと、運ばれてきたばかりのポテトを食べながら、山縣君が唸る。

「いや、私そんな珍獣とかじゃないから……あ、来た」

背が高いから店に入ってくるとすぐにわかる。店員さんがすぐに多田君に近寄ってなにか話しかけていたけど、私が手を挙げたのが目に入ると、彼はそれを手で遮りこっちに歩いてきた。

「遅れてごめん」

するっと私の隣に腰を下ろしながら、彼が美沙と山縣君に声をかけた。

「いや、忙しいのに来てくれてありがとなー」

「同級会以来だね、多田君」

二人が笑顔で反応している間、オーダーを取りに来てくれた店員さんにコーヒーを注文して、多田君がジャケットを脱ぐ。

やっぱり今日もスーツだった。

——多田君、ほんといつも仕事してるなー。いつ休んでるのかしら……

あまりにも忙しい彼が心配になってしまう。

「一応、和可経由で二人の話は聞いてたけど。なんか、仲がいいらしいな？」

今の今まで私と多田君の話をしていたのに、急に自分たちにお鉢が回ってきたことで、美沙と山縣君が顔を見合わせた。

「えっ、仲がいいって……それは、普通に友人として、だよ。ねえ⁉」

美沙が山縣君に同意を求める。それに山縣君も同意するように、何度も大きく頷いている。

「そうそう‼　別にお前らみたいな関係じゃないから！　なんで急にこっちに振ってくるんだよ」

「いや。多分、今の今まで和可が質問攻めに遭ってたんじゃないかと思って。反撃」

しれっと言ってのける多田君に、二人が唖然としている。もちろん私もだけど。

「は、反撃って……私達そんなに和可を困らせるようなこと………言ってたね……」

美沙が口元に手を当て、しまったという顔をする。

「あははは……」

山縣君も苦笑いだ。

そんな二人を涼しい顔で眺めてから、多田君が私の目の前にあるビールを見る。

「和可、ビール？」

「うん。多田君、コーヒーを注文したってことは、車で来てる？」

「そう。帰りは送るから」

さりげなくこんなことを言ってくる。慣れてるつもりでも、やっぱり優しくされると嬉しくて、顔が緩んでしまう。

「ありがとう」

お礼を言ってから顔を正面に向けると、美沙と山縣君がにやにやしていて「わっ‼」と声が出てしまった。

「ちょっと……二人ともこっち見てなくていいから……」

「和可、二人にはもう話したの？」

多田君が私に尋ねる。

「あ、えーとまだ詳細は話してない。でも、なんかもう、二人にはバレてる」

「バレてる？　どこまで？」

多田君が眉根を寄せつつ、美沙と山縣君を見る。

「え。だから、付き合うことにしたんだろ？　二人」

山縣君が私と多田君を交互に見る。美沙もそれに同意するようにうんうんと頷いている。

その二人を無言で見つめたあと、多田君が私に体を向けた。

「……分かってないじゃないか」

憮然《ぶぜん》としながら窘《たしな》められる。

「え、でも、ほぼ一緒だよ……？」

「ただ付き合うだけじゃない。結婚を前提とした付き合いだよ。言うなれば、婚約したってことだ」

多田君がはっきりとした口調でこう宣言すると、美沙と山縣君が慌てたように持っていたグラスをテーブルに置いた。

「は⁉　婚約⁉　付き合い始めたばかりなのにもう結婚なの⁉」

美沙が身を乗り出す。そんな彼女を前にしても、多田君は動じない。

「今すぐ入籍するわけじゃない。でも、この先和可以外の女性と結婚はないと断言できるから、付き合い始めたのと同時に結婚してくれとプロポーズしたんだ。そうおかしな話でもないだろ」

美沙が唖然とする横で、山縣君が耐えきれない、とばかりに多田君に指差しする。

「ちょっと待て……‼　付き合い出していきなり結婚申し込んだのか、お前」

「そうだけど」

「うそだろ……」

ケロッとしてる多田君に、山縣君がなにも言えず頭を抱える。

「そんなこと、俺みたいな人間は絶対できんわ……」

「山縣は勢いでプロポーズして玉砕しそうだよね……」

「美沙もだよな」

「うるさいよ」

美沙が山縣君の肩をポン、と慰めるように優しく叩いた。

さっきは全力で否定していたけど、やっぱりこの二人って仲がいい。お互いのことがよく分かってる気がするんだけどな。

そんなことを思っていると、急に山縣君が真顔になる。

「それより。多田、お前、海崎と結婚するつもりなら、身辺整理はちゃんとしてるんだろうな」

「身辺整理……？　なんのことだ」

多田君が運ばれてきたばかりのコーヒーに口をつける。同時に、注文した食べ物がいくつか運ばれてきて、私達のテーブルは隙間がないくらい料理が載った皿で埋め尽くされた。

クリスピー生地のマルゲリータ、クワトロフォルマッジ。山縣君たっての希望のワタリガニのトマトクリームパスタ、など。

いつもならすぐに意識が食べ物に行きがちなのに、私達の誰もが料理に手をつけない。

今の山縣君の言葉の意味が気になっているからだ。

「俺、仕事で世話になってる人から聞いたんだよ。多田と、遠縁の家の女性との縁談が上がってるって。それ、どうなったんだ」

多田君が数秒山縣君を見つめる。表情は特に変わりない。

「……そういや……山縣。お前の勤務先、道生の関連会社と取引があるな？」

「えっ」

山縣君の目が泳ぐ。

「多田郁雄《いくお》。お前にその情報を教えたのは彼じゃないのか」

「ええっ⁉　なんで……」

驚いた山縣君が、やばっ、と言って口を手で押さえた。

わかりやすいこの反応に、多田君がやっぱりな、と冷静に呟く。

「え、え？　どういうこと？」

二人のやりとりを黙って窺っていた美沙が、痺れを切らしたように多田君に詰め寄る。

「どうって、山縣にその縁談話をしたのは、その多田郁雄本人だということだよ。なぜかというと、縁談はその人が言い出したことで、ほかの親類は全くその縁談に乗り気ではないからだ」

縁談の話が出るとどうも胸がざわざわする。はっきり言って、あまり聞きたくない内容だ。

そのせいもあってなにも言葉を発しないままでいると、いきなり手に多田君の手が触れた。

「和可」

「なに？」

反応している間に、彼の指が私の指に絡められた。

美沙も山縣君もいるのに、今⁉　と困惑するけれど、多田君の表情が至って真剣なので、手繋ぎに関してはなにも反応ができない。

「今の話、聞いてた？」

「う、うん、聞いてたけど……」

「多田郁雄っていうのは、この前話した葉月の父親だ」

心の中で「あ」と思った。

彼はそれ以上なにも言わない。でも、言わんとしていることはなんとなくわかった。

それを私の表情から読み取ったであろう多田君が、再び正面を向いた。

「と、いうわけで。その縁談というのは当事者である多田郁雄が勝手に言い出して、勝手に一人で広めて歩いているだけだ。だから山縣」

「はいっ」

いい返事だ。

「その話はデマだ。信じなくていい」

きっぱり言い放った多田君に、山縣君がわかりやすく安堵する。

「なんだ……それならいいんだよ。俺だって、まさか多田が二股かけたりとか、ありえないと思ってたよ？　でもそういう話を聞くと、どうしても気になっちゃってさ……」

二股という単語が出た瞬間、多田君がフッ、と鼻で笑ったのがわかった。

「そんな面倒なこと俺がするわけないだろう」

「で、ですよね……」

山縣君がははは……と乾いた笑いを漏らす。

そんな彼を穏やかに見つめながら、今度は美沙が「でもさ」と多田君に声を掛けた。

「そのおじさん？　はいいとしても、その多田君とくっつけられそうになってる女性の方はどうなの？　もしかしたら、その人が多田君と結婚したがってる可能性だってあるじゃない」

――それは、私も思ってました……。

だって、多田君のマンションにまで来るってことは、それなりに思うところがあるはずだ。そうでなきゃ、部屋に上げてもらえないのに、わざわざ部屋まで出向いたりなんかしないだろうし。

私も答えが気になって多田君を見つめる。

「相手の女性には申し訳ないが、俺にその気がないんだからどうしようもないだろう」

「そうなんだけど。でも、相手がもしかしたら和可に接触する可能性もあるよ？　女性ってほら、彼氏とかが浮気すると、彼氏じゃなくて浮気相手に怒りが向きがちだからさ」

静かにコーヒーを飲んでいた多田君が、カップをソーサーに置いた。

「そんなことしてみろ。ただじゃおかない」

静かな怒りを含んだ多田君の呟きに、この空間だけ体感温度がグッと下がった。

「おい……やめろよ……お前が言うと洒落にならないぞ」

顔を引きつらせながら山縣君がフォローする。

「洒落じゃない。本気だ」

フォローの意味が全くなかった。

「た、多田君……私、別に何をされたって平気だから……」

「和可が平気でも俺は平気じゃない」

「ま、まあまあ。この件はもういいじゃない。なんかあったら多田君がどうにかしてくれそうだし。和可、よかったね。この上なく頼りがいのある婚約者で」

美沙の絶妙なフォローに、つい噴き出しそうになる。

「う……うん、そうだね。ありがとう」

「そこでなんで笑うんだ……」

多田君がなにか言いたげにこっちを見ているけれど、笑って誤魔化しておいた。

そこからは一転して和やかなムードの食事会となった。

相変わらず多田君の口数は少なかったけれど、料理も何種類か食べていたし、たまに山縣君が変なことを言うと、若干表情が緩んでいた。顔を見るだけでこの場を楽しんでいるとわかった。

多田君が楽しいと、私も楽しい。そのせいもあり、だいぶアルコールを摂取してしまった。

「あー、めちゃくちゃいい気分だわ～。お酒が美味しい……」

ビールやらレモンサワーやらハイボールやらを飲み続けていた私が、再びグラスを手に取ろうとする。しかし、隣からスッと手が出てきて、そのグラスを奪われてしまう。

「飲み過ぎ。そろそろ終わりにしておきな」

多田君が私の手が届かない位置にグラスを置いた。手を伸ばして取ろうとするけど、また多田君がそれをひょいっと持ち上げてしまう。

「えっ……そんな～！　まだあと半分残ってるのに……」

「水にしなさい」

まだ口をつけていない水の入ったグラスを私の前に置いた。

――お酒が恋しいけれど、これ以上駄々《だだ》をこねて多田君を怒らせるわけにはいかないな……

アルコールが回っている頭でも、こういうことはちゃんと理性が働いた。

「わかりました……お水にしておきます」

水の入ったグラスに口をつけていると、目の前でニヤニヤしている美沙と目が合った。

「な、なに？」

「いやあ……二人で一緒にいるときって和可が多田君の世話を焼くのかなって思ってたんだけど、今日は違うんだなって。多田君も人の世話って焼くんだね？」

しみじみ言う美沙に、多田君が若干呆れている。

「これぐらい当たり前だろ。それに、普段そこまで和可に面倒掛けてない」

「あのさ、ずっと気になってたんだけど、聞いてもいい？」

「なに」

美沙がグッと身を乗り出した。

「和可のどこに惚れたの？」

ギョッとしたのは多田君じゃない、私だ。

「ちょっ……‼　なにを聞いてるのよ⁉」

「いいじゃない、聞いてみたかったんだもん！　だって、あの多田君だよ⁉」

私と美沙がわちゃわちゃしているのを、多田君が真顔で眺めている。途中、若干訝しげな顔をしていたけれど、すぐにまた真顔に戻った。

「和可のどこに、か。そんなの全部だけど。強いて言うなら」

この場にいる三人がごくん、と喉を鳴らす。

「笑顔がめちゃくちゃ可愛い」

――……

多田君以外の三人が無言になった。

ていうか、多田君にそんなこと言ってもらえるとは思わなかった。

恥ずかしくはあるけれど、嬉しくて顔が緩んでしまうのを止められない。

「笑顔が可愛いって言ったよ、今……」

美沙の呟きに、山縣君が「おお」と頷く。

「多田の目には海崎の笑顔がそんなに可愛く見えてたんだな……」

「や、やめて……恥ずかしすぎる……」

当の多田君はというと、涼しい顔でコーヒーを飲んでいた。彼のコーヒーも既に二杯目。

そんな多田君が、カップから口を離し、私をチラ見する。

「恥ずかしいってことはないだろ。実際可愛いんだから」

それにまた面食らって、どうしていいかわからなくなる。

——ああ、もう………

好き。

この人、私をこんなにメロメロにしてどうしたいのだろう。

気持ちを落ち着かせるために息を吐き出しながら、水の入ったグラスを手に取る。

正面にいる二人が、穏やかな眼差しで私と多田君を見ている。その眼差しはまるで両親のようだった。

食事を終え、店の前で美沙と山縣君と別れた。アルコールから水に切り替えてだいぶ経つので、酔いはすっかり冷めている。でも、心配した多田君は私の体から手を放そうとはしなかった。

「もー、心配性だなあ。本当に大丈夫だってば」

「足下ぐらついてるぞ。それで本当に大丈夫だって言えるのか」

多田君が呆れながら私の腰に手を回す。

ぐらついているのは履き慣れないパンプスのせいで、決して酔っているからではない。

「このパンプス、おろしたてだからだよ」

「なんで酒飲む夜にそんなの履いてきたんだ」

私が言うことに対しての答えが、いちいち正論なのが悔しい。

「デザインがお気に入りだったんだよ……」

「そうか。それより、このあとどうする？　家に帰るか、それともうちにくるか」

思いがけない提案に、隣にいる多田君を見上げた。

「え。多田君ちに行ってもいいの？」

「当たり前だろ」

なんでそんなことを聞く？　と言いたげな顔をしている。そんな多田君に、嬉しさと愛しさがこみ上げてくる。

――当たり前なんだ……嬉しい……

自分が彼にとって特別であるという事実が、これ以上ないくらいの喜びを与えてくれる。

「……なんでそんな、嬉しそうなの」

「だって……好きな人の部屋に行くのが当たり前だ、なんて言われて嬉しくない人なんかいないよ。おもいっきり特別感あるし」

「特別感って。当たり前だろ、婚約者なんだから」

腰をグッと多田君に引き寄せられた。

「和可、酔ってるだろ。酔いが覚めるまでうちで休んでいけよ」

「……う、うん……」

それほど酔っていない自覚はあった。でも、こんなこと言われたら、酔っているフリをしたくなった。

――たまにはこんなのもいいか……多田君が優しくて嬉しいし、もう少し甘えたい……

しらふのときは甘えられなくても、酔っているときはそれを理由に甘えたくなる。

「多田君」

「ん？」

「腕……組んでもいい？」

よくよく考えたら、これまで一緒に歩いているとき、多田君と腕を組んだことはなかった。

――手を繋いだことはあるけど、一回くらいこういうの、やってみたかった……

恐る恐る多田君を見上げると、なんだか不思議そうな顔をして私を見下ろしていた。

「俺の許可なんかとる必要ないだろ、ほら」

すっ、と彼の腕が私の前に差し出される。

「いいの？」

「どうぞ」

その腕に自分の腕を絡めた。

手を繋ぐのもドキドキしたけど、腕を組むのはまた違ったドキドキがあっていい。

「わあ、ありがとう。多田君の腕、がっちりしてるね」

「……それ今気付いたの？　もっと前に気付きそうだけど」

もっと前……の意味を理解した途端、かあっと顔が熱くなった。

「あ、ああいうときはそれどころじゃないっていうか……!!」

ムキになって言い返そうとしたら、彼の腕に絡めていた手に、大きな手が重なった。

「はいはい、わかった。和可、いつも目閉じてるもんな」

「……!!」

「でも、そういう和可が可愛いんだけど」

追い打ちをかけられて、更になにも言えなくなってしまった。

多田君の車に乗り込み、彼のマンションへ向かうことに。

車中で母にプロポーズのことを話したと伝えたが、多田君の反応は至って普通だった。

「そうか。近いうちに挨拶に伺うつもりだから。ご両親の都合のいいときにお願いしたい」

「うん。聞いておくね。じゃ、私も多田君のご両親にご挨拶したいんだけど……」

「ああ。じゃあ、和可の家に行ったあとにでも」

「ありがとう。多田君、ご兄弟はお兄さんだけだっけ？」

なにも考えずに言って、すぐにハッとする。この話ってしてもよかったのだろうか。

やばい、と運転席を見る。でも、思ったよりも多田君は普通だった。

「そう。でも、兄は実家には来ないから。会うとしたら別の機会になるな」

「ご、ごめん。この話題、出しても大丈夫だった？」

「ん？　平気だけど。結婚するのに兄のことを話題に出すなっていうのもおかしいだろ。それに、俺と兄の仲はこの上なく良好だから。心配いらない」

その言葉にホッとした。そうなんだ、仲いいんだ。

「そっか……でも、なんでお兄さんは実家に帰ってこないの？」

「別に帰ってきたっていいんだよ。いろいろあったけど、今は親も怒ってないし。でも、家を出ると宣言した手前、今更帰りにくいっていうのが兄の本音らしい」

「そういうものなのかなあ……」

生まれ育った実家だし、家族も待っていてくれるなら、遠慮せず帰ればいいのにと思ってしまうけど。でも、お兄さんなりにいろいろ覚悟を持って家を出たのなら、それはそれで仕方ないのかもしれない。

――私みたいな一般人では理解できない何かがあるのかもしれないし……こういうのは当事者じゃないとわからないことかもね。

「和可は、義姉《ねえ》さんと話が合うかもしれない」

「えっ。私？　義姉さんって、お兄さんの奥さん？」

「そう。豆腐店の娘だから、たまに美味しい豆腐を持ってきてくれるんだ。うちの兄と違って義姉さんはさっぱりしてるから、俺も話しやすい。最近は兄じゃなく、義姉さんと話すことの方が多いかもしれない」

多田君のお兄さんって、豆腐屋さんの娘さんと結婚したんだ⁉

「お豆腐……‼　なんだかお兄さんとお豆腐屋さんって意外な組み合わせのようにも思えるんだけど」

「俺も最初は驚いたけど、普通に職場結婚なんだ。でも、兄はそこの豆腐に惚《ほ》れ込《こ》んでるんで、つい最近豆腐カフェというものをオープンさせたくらい、事業としても力を入れているらしい」

「えっ⁉　お豆腐カフェ……⁉　すごくいいね‼　どんなもの出してるんだろ」

思いのほか私の食いつきがよかったので、多田君が目を丸くしている。

「どんなものって……確か、豆腐ワッフル、豆腐ドーナツとか？　あとは豆乳を使った様々なドリンク……とか、プリンとかのデザートもあるな」

「女子が好きそうなものばかりだね。いいなあ。今度是非連れて行ってもらいたい」

「いいよ。じゃあ、今度」

あっさりOKをもらえた。

「わー、ありがとう。すごく楽しみ」

普通にカフェが楽しみだけど、多田君が自分のご家族が関わる場所に連れて行ってくれるというのが、もう既に嬉しい。

いい気分でいると、車がマンションの地下駐車場に入っていった。もう何度目かになるこの場所にもすっかり慣れたとしみじみする。

駐車スペースに車を停め、彼が降りたのを確認してから車を降りる。立ち止まった多田君がスッと腕を出してくれたので、ありがたくまたその腕に自分の腕を絡めた。

なんだか恋人っぽくて、いいなあ。

などと思いながらマンションの一階にあるコンシェルジュサービスに顔を出す。多田君がここにクリーニングと荷物の預かりを頼んでいたようで、それを受け取る間、何気なく一階の共有フロアを眺めていた。

立派なソファーがあり、ここで人と話をしたり、天気のいい日は外の景色を眺めながら、ソファーでのんびりすることも可能らしい。

——羨ましい……このフロアだけでうちの実家の部屋、全部すっぽり入りそう……

多分こんな嘆きを聞いたら、多田君にフッ、と鼻で笑われそうだ。

エントランス内を見回していると、窓の向こうにこちらを窺っている人の姿があった。

それは、どう見ても葉月さんだった。

「あっ！」

思わず声を上げてしまった。それに反応するように、コンシェルジュの人と話していた多田君がこちらを振り返った。

「なに？」

「あ、あの……あれって、もしかして……」

多田君が私の視線の先に顔を向ける。その瞬間、わかりやすく表情が変化した。

「……葉月か」

多田君がくるりとコンシェルジュに向き直った。

「どうやら不審者がいるようですが」

「も……申し訳ございません。私どもも何度か声をかけさせていただいたのですが、どうしても離れてくださらないのです。いかがいたしましょうか」

「仕方ないですね、こちらでなんとかします」

多田君が私に「ちょっと待ってて」と声をかけ、そのままエントランスの外に出て行ってしまった。

途端にさっきまで窓の向こうにいた葉月さんが彼に駆け寄った。

ドアで隠れていて二人の姿は見えないが、簡単に話がまとまるとは思えなかった。

——だ、大丈夫かな……まあ、多田君のことだからうまくやるとは思うけど……

かといってここから出ると自分だけではマンション内に戻れない。いや、多田君がいれば問題ないんだけど、万が一いなかったときどうしたらいいかっていう……

ああでもないこうでもない、といろいろ考えている間に、多田君が戻ってきた。

「ごめん、待たせた」

「多田君……！」

彼は涼しい顔でコンシェルジュから荷物を受け取り、エレベーターホールへ向かう。

「ねえ、大丈夫だった？　葉月さんは？」

「帰ったよ。タクシー呼んでやったから」

あの短時間でそんなことまで。

エレベーターに乗り込み、扉が閉まる。

「で、あの……葉月さんはどうしてここへ？　この前もそうだけど……」

「この前も今日も縁談のこと。予想はしてたけど、やっぱりなという感じ」

「予想してたの？」

エレベーターが止まり、再び扉が開く。多田君は歩きながら、葉月さんが来るまでの出来事を教えてくれた。

「多田郁雄に話したんだよ。お宅の娘とは結婚できないと、はっきり」

「そうだったんだ……」

「でも、多田郁雄が諦めたからといって葉月が諦めるという保証はなかったからね。もしかしたら親の決断に不満を感じて直接文句を言いに来るかなと思ってた。そうしたら、本当に来た」

部屋の前に到着したので、彼が解錠してドアを開けた。私に先に入れ、と促してくる。

「文句言いに来ただけなの？　他には……」

「諦められないとかなんとか言ってたけど。でも、そんなのは俺も知ったこっちゃないんで。無理なものは無理だと突っぱねて、タクシー呼んで置いてきた。それだけだよ」

――お、置いてきたって……

でもやっぱり彼女は諦めていない。その事実が、なんとなく胸にモヤモヤを残す。

「多田君……本当に大丈夫なの？　無理して、あとで大変なことになったりは……」

「大丈夫だろ。葉月に関しては若干諦めの悪いところはあるが、それ以外に黒い噂もない。多田郁雄が経営に関わっているうちの関連会社で働くただのＯＬだ。彼女になにかできるとは思えない」

――黒い噂って。そういったことも全部調査済みなんだ。

なんというか、多田君ぽいなと思った。でも。

「……そ、そういうんじゃなくてね……女性って想いが強いと、たまにとんでもない行動に出たりするから。ほら、好きな人に危害を加えたり、ストーカーみたいになったり」

「もちろんあいつがそういった行動に出るパターンも視野に入れてる。だから彼女には今後監視をつける予定でいるよ。それなら和可は安心する？」

部屋の中に入り、多田君は私に尋ねながら、キッチンの作業台の上に荷物を置いた。

監視か。とりあえず、彼に危険が及ばなければいい。私が願うのはそれだけだ。

「うん……多田君になにもなければそれでいい」

多田君が私に近づき、そっと体を抱きしめてくる。

「俺は、和可が無事ならそれでいいんだけど」

「そっか。考えていることは一緒だったね」

彼も私と同じ気持ちだった。それを知った途端、不安は不安だけどちょっとだけ顔が緩んだ。

「とにかく、葉月のことはこちらでなんとかするから。和可はなにも心配しなくていい」

力強い多田君の言葉が心に沁《し》みる。

でも、されるばかりでなく私も彼の力になれたらいいのに。

こんなとき、私にできることはなんだろう。

考えてはみたけれど、なかなかいい案は浮かばなかった。

第七章　葉月さんと対面

翌週末。事前に多田君から連絡をもらい、彼と出かけることになった。

というのも、うちの実家に挨拶に行く際に持っていく手土産を選んでほしい、と彼に頼まれたからだ。

多田君みたいな人なら、どこの店のこれが美味しいとか、昔から実家でよく食べていたお菓子がいくつかありそうなもの。うちの両親は食べ物にあまりこだわりもないし、美味しいお菓子ならなんだって食べる。

だからなんでもいいと言ったのに、多田君はそういうわけにはいかない、と首を縦に振らない。

『せっかくならお好きなものを差し上げたいから』

こう言って譲らないのだ。

どうやら仕事関係のお付き合いで手土産を持参する場合は、なにを贈るかをほぼ秘書任せにしていたらしい。というのも、多田君自身はお菓子などの甘い物に全く興味がないから。

——まあ、なんというか彼らしい……甘い物が好きな多田君とか、想像できないし。

よくよく考えてみたら、彼の部屋の中にお菓子なんかひとつもない。きっと、あの人は私みたいに暇があればお菓子に手を伸ばす、なんてことはしないのだろう。

さすが多田君、自己管理ができている……

改めて自分の彼氏のすごさに感服しつつ、多田君のマンションに徒歩で向かった。

昨夜、多田君は私の家まで迎えに行くと言ってくれた。でも、昨日は彼も仕事が立て込んでいて、帰宅したのは深夜だったらしい。そんな彼に少しでも長く休んでもらいたくて、買い物は午後にずらし、私は昼過ぎにお邪魔すると伝えた。

仕事に一生懸命なのは素晴らしいことだけど、やっぱり彼の体が一番心配だし、大事だ。だからなるべく睡眠時間を削ってほしくなかった。

――付き合ってみてわかったけど、多田君って結構私に甘い……気がする。送り迎えとか当たり前のようにしてくれるし、基本的に私の意思を尊重してくれるし。

結婚するんだから、もっとわがままを言ってくれてもいいのにな、とも思う。でも、わがままを言う多田君がすでにイメージできない。

――あの人、これまでの人生でわがままって言ったことあるのかな……？

心の中で首を傾げながらマンションの敷地に入った。ちなみに、なんと今日は多田君から鍵を預かっているので、彼を呼び出さずとも部屋の中に入ることができるのである。

鍵を預けてくれるってすごいことだ。だって、こんな大事なもの、相手のこと信頼してないと預けられないはずだから。

嬉しいなあ〜……としみじみしていたら、まさかのエントランス前で葉月さんとばったり出くわしてしまった。

――えっ‼

驚いたけど、なんとか声は出さずにすんだ。でも、向こうも私を見るなり表情が強《こわ》ばったので、多分私のことはもう把握済みのようだ。

「あなた……この前、二千夏君と一緒にいた人よね」

上品そうなフリル付きの白いブラウスをフレアスカートにインして、高いヒール靴を履いている。彼女が私の方へ近づくたびに、コツコツとヒール音が辺りに響いた。

「そうですけど、なにか……？」

なにを言われるのだろう。

ごくんと喉を鳴らし、下腹に力を入れた。

「もしかして、今日もこのあと二千夏君と約束があるの？」

「はい、まあ……」

探るような聞き方だった。でも、嘘は言えない。

「そう……あの、悪いんだけど私も二千夏君に用があるの。部屋まで一緒に連れてってもらえないかしら」

「一緒に、連れて……？」

言われてハッとする。この人、もしかして私が多田君の部屋に行くのに便乗して、セキュリティを突破しようとしている……？

そんなの、いいですなんて言えるわけがない。

「なっ……‼　だ、だめに決まってるじゃないですか！　なにを考えてるんですか‼」

感情任せに反応したら、向こうも感情を剥き出しにした。

「いいじゃない‼　だって、そうでもしないと二千夏君に会えないんだもの‼　私だって必死なのよ‼」

「そもそも、なんでそんなに多田君に会おうとするんですか？　先週だってずっとここで彼のことを待ってたみたいですけど……」

正直、ストーカーみたいで怖いです。と喉まで出かかった。でも、理性がそれを止めた。

じっと彼女の反応を待つ。

葉月さんは、何度か視線を泳がして言葉を探していたようだった。

「それは……‼　し、親戚なんだもの、積もる話がいろいろあるのよ！」

「そもそも親戚なのに会ってもらえないの、おかしくないですか？」

ついつい思っていることを口に出してしまった。すると、葉月さんの顔が上気したように赤みが増していく。

「なっ……‼　あなた、失礼ねっ‼」

「気に障ったらごめんなさい。でも、多田君も困ってるみたいですし、そろそろこうやってマンションに来るのもやめてもらえませんか」

極めて冷静にお願いしたつもりだった。でも、葉月さんは不可解そうに眉根を寄せる。

「困ってる……？　二千夏君が？　はっ、嘘でしょ。それに、そんなことをなんであなたに言われなきゃいけないの？」

——え。もしかして、あんなに嫌がられてるのにわかってないの……？

それはそれでゆゆしき問題だ。でも、どう説明すればわかってもらえるのだろう。

「嘘、ではないです。そうでなければ、きっと多田君はあなたを中に入れていると思います。といっても、部屋ではなく一階の共有フロアまでだと思いますが……」

「はあ⁉　あなた、私をバカにしているの⁉」

しまった。正直に言いすぎた。

明らかに憤慨している葉月さんにおののく。しかし、本気で怒ってる綺麗な女性って、なんでこんなに怖いんだろう。迫力があるわ。

「そうではなくてですね、多田君はあまり部屋の中に他人を入れたくない人なので……」

「他人はあなたでしょう⁉　私は親戚なのよ⁉　それを入れたくないだなんて、どうかしてるのはそっちよ」

「どうかしてると仰《おっしゃ》るなら、会わなければいいのでは……」

「だめよ‼　電話は取り次いでもらえない、会社に行ったら入り口のゲートで止められる、そこをなんとか突破してもガードマンの鉄壁守りで社長室になんか到底たどり着けないんだから。やっと二千夏のマンションを探し当てたのよ、もうここに来るしか彼と接触する手がないのよっ‼」

聞けば聞くほど、多田君に会いたいという執念がすごい、ということしかわからない。

こんな怖い人を彼に会わせたくない。いや、何度か会っていると思うけど、これ以上会わせたくなかった。

「と、とにかくですね……どんなに待たれようと多田君はきっと会わないと思います。どうぞお引き取りください」

極めて丁寧に、お願いしますという気持ちを込めて頭を下げた。でも、それが却《かえ》って彼女のプライドを傷つけてしまったらしい。

「なんですって……あなた。もうすっかり二千夏の妻気取りね。まだ結婚もしてないのに、よくもまあ……」

「あ、でも、婚約したんで……」

言ってからしまった、と思った。婚約という単語を出した瞬間、葉月さんの顔が鬼のようになったからだ。

「婚約ですって⁉ そんな……私を差し置いて婚約だなんて、許さないわ‼」

このマンションの敷地内に響き渡るほどの大きな声で、葉月さんが叫んだ。もはや悲鳴と言っていい。

――うわ、豹変《ひょうへん》……‼

人を怖いと思ったことはあまりないけど、今目の前にいる人は本気で怖いと思う。しかもその怖い人が、私の胸ぐらを掴んできたから尚更《なおさら》怖い。

「あなた……四の五の言ってないでさっさとこの自動ドアを開けなさい」

「いやです」

「はあ⁉」

「こんな状態のあなたを、彼の部屋に行かせるわけになんかいきません」

当たり前だ。こんな激高した女性が多田君のところへ行ったら、絶対大騒ぎするはず。それが分かっていてむざむざ行かせるわけがない。

私の服を掴む葉月さんの手が、わなわなと震え出す。

「……へえ。そう。できる妻みたいなこと言っちゃって。あなた、癪《しゃく》に障るわ」

葉月さんが私の服を掴んでいたその手で、思いきり私を突き飛ばした。その衝撃でバランスを崩した私は、その場に尻餅をついてしまう。

「ほら、早く中に入りなさいよ」

「……っ」

葉月さんが仁王立ちして、鬼の形相のまま私を見下ろしている。

こんな状況で中に入れない絶対に。

どうしたらいいの、と考えを巡らせていると、マンションの中からコンシェルジュサービスの男性と、警備員らしき人が二名こちらに向かって走ってきた。

「あなた、ここでなにしてるんですか‼」

警備員さんが葉月さんの両側に立ち、腕をがっちりと掴む。

「は⁉」

どういうこと⁉　と言いたげに、葉月さんが自分の両側に立つ警備員さんを睨みつける。

その間にコンシェルジュサービスの男性が私の元へやってきて、体を起こす手伝いをしてくれた。

「大丈夫ですか⁉　お怪我《けが》はございませんか」

「は、はい……大丈夫ですけど……それよりもあの……」

葉月さんの方が大変では、とそちらを見る。案の定、警備員さんに拘束されているのを不服そうに、彼女がギャンギャン騒いでいる。

「ちょっと‼　放しなさいよ‼　私は用があってここに来てるのよ‼」

騒いでいる彼女を「はいはい、大人しくしてくださいね」となだめながら、警備員さん達が彼女をどこかへ連れて行ってしまった。

「あの……あの人をどこへ連れて行くんですか」

「大丈夫です、別の場所に一旦移動していただいて、落ち着いたら帰っていただきますので」

にこやかにコンシェルジュの人が対応してくれた。もしかして、カメラか何かで私と葉月さんのやりとりを確認して、飛んできてくれたのかな。だとしたら申し訳ない。

ありがとうございました、と何度も頭を下げてから、この隙に多田君の部屋へ向かった。

葉月さんを連れて行ってもらったからよかったけど、あのままだったらマンションに入ることすら叶わなかった。

——えらいめに遭った……

エレベーターの中でどっと疲労感に襲われた。ここに来るまでの幸福感などどこへという感じで、今寝ろと言われたらすぐにぐっすり眠れそうである。

もらった鍵を使い部屋に上がると、部屋の奥からコーヒーの香りが漂ってきた。どうやら彼は起きているようだ。

リビングのドアが半開きになっていたので、それを大きく開けて中に入ると、ちょうどキッチンで立ったままコーヒーを飲んでいる多田君と目が合った。

「起きてたんだ」

「うん、さっき」

多田君がマグカップを持ったまま、ソファーに移動した。

彼に今起きた出来事を話そうと思ったけど、若干興奮気味のため、頭の中を整理しないとうまく説明ができなさそう。

——洗面所借りて手を洗って、どう説明するかを考えよう……

葉月さんに突き飛ばされて転んだのは事実だけど、二人は親戚関係にある。これ以上仲を拗《こじ》らせないためにも、尻餅の件は話さない方がいいよね、きっと。

多田君の生活が平穏であることを願う私が、諍いの原因を作ってどうする、という話だ。

――葉月さんに会ったことだけ伝えればいいや。

まるでなにもなかったかのように、多田君に微笑みかけた。

「夜遅かったんでしょ？　もっと寝ててもよかったのに」

「それは、寝てたら和可が起こしに来てくれたってこと？」

「ご希望とあらば」

「それ、起こしに来たら、そのまま和可もベッドに入ることになりそうだけど」

多田君がニヤニヤしながらとんでもないことを言う。

「起きたばかりでなにを言ってるんですか、この人は……あ、ちょっと洗面所借りるね。手、洗ってくる」

「どうぞ」

くるっと振り返り、洗面所に向かおうとする……が。ちょうど洗面所のドアを開けようとしたとき、すぐ後ろから「和可」と多田君の声がしてビクッとなった。

「び、びっくりした！　いつのまに後ろに……」

「服汚れてるけど。もしかして、転んだ？」

多田君に指摘されて、はっとなって自分の後ろを洗面所の鏡でチェックする。

自分が今日履いてきたのが白いスカートだったことなど、すっかり忘れていた。

――しまった。尻餅で汚れてる……！

「うわ……これ、今洗ってもいいかな」

「いいよ。服貸そうか」

「ごめん、助かる」

さすがに汚れた服のままだと、多田君のソファーを汚してしまう。それはいかん、と早速長めのTシャツを借りて、それに着替えた。

洗面ボウルでスカートを洗っていると、いつの間にか多田君が私の背後に立ち、その様子を無言で眺めていた。

「どこで転んだんだ？」

「んー、エントランスのま……」

しまった。言うつもりなかったのに、話してしまった。

聡い多田君のことだ、こう言っただけで私がなぜ転んだのかに気付く可能性もある。

――でも、エントランスの前でこけた、って話しただけじゃ、葉月さんが関係してるとは思わないか……？

なんて楽天的に考え始めていた私だが、さっきまで後ろにいた多田君が、すぐ横に来ていることに気付く。

めちゃくちゃ嫌な予感がする。

多田君は目の前にある鏡に手を突き、無表情で私を見下ろしていた。

「エントランス前で尻餅？　なにもないところでいきなり尻餅なんかつくのか」

「えっ……と、それは……ば、バランスを崩して……」

「……スニーカーでバランス崩すのか？」

「うっ……」

うそ。多田君、私がスニーカーで来たことをなんで知ってるの。いつ見たの。

抜け目ない彼に愕然《がくぜん》としていると、全てお見通しとばかりに多田君がため息をつく。

「葉月だな。なにをされた？」

——ひっ。全部お見通しだった……‼

「いや、ちが……本当に、たいしたことじゃ……」

「なにがあったか言いなさい」

多田君の目の奥に怒りの炎が見えた。

だめだ、この人にこれ以上隠し通せる気がしない。

「お、怒らないで聞いてくれますか……？」

「それはわからない。内容による」

多田君から漏れ出る威圧感にやられて、つい敬語になってしまう。

彼は私からの説明をじっと待っている。

――もうだめだ……

がっくりと肩を落とす。

「和可。話して」

「じ、実は……」

ついさっきの出来事を、最初から最後まできっちり多田君に話した。部屋に入れろと迫られたこと、それを断ったら凄《すご》まれて突き飛ばされ、そのときに尻餅をついたこと。最終的に警備員さんとコンシェルジュの人が来て助けてくれたこと。

「……と、いうわけでして……」

ちゃんと全部説明したのに、いまだ多田君の表情は冴《さ》えない。腕を組み、洗面所のドアに凭れている。

「とりあえず、コンシェルジュに説明と警備の強化をお願いしたのは正解だった」

「あ、やっぱり多田君がお願いしてくれてたんだ……どうりで、来てくれたのが早かったなって。さもなきゃ私、ここに来ることすらできなかったから」

あはは……と笑って場を和やかにしようとしたけれど、多田君の眼差しがそれを許してくれなかった。

「笑ってる場合じゃないだろう。だったら、葉月の姿が見えた時点で俺に電話寄越せばいいのに。なんでしなかったんだ?」

「え。そ、それはですね……寝ているであろう多田君に迷惑をかけたくなくて……」

「和可に迷惑がかかってる時点で、俺にとって迷惑ではない」

今、この状況でそんなこと言うの、ずるくない？

「た……多田君。そういう不意打ちみたいなことやめてください……」

思わず顔を手で覆った。

「どこが。事実だけど」

やめてくれないし。

「……とにかく、この件は早々になんとかする。もう二度と葉月と和可が接触しないように全力を尽くすよ。本当に申し訳なかった」

彼が姿勢を正し、私に頭を下げてくる。

彼はなにも悪くなんかない。だから頭を下げるなんて、そんなことしてほしくなかった。

「やだ、やめてよ。多田君のせいじゃないんだから」

「一族の者の失態は当主に責任がある。こう見えて一応多田本家の跡取りなので」

姿勢を元に戻した多田君を見つめる。

一族のことを全部背負っているこの人は、立派だと思う。だけど、背負っているものが大きすぎるような気がして、彼の代わりに私がやるせない気持ちになってしまう。

「……いろいろ背負いすぎだよ……」

たまらず多田君にそっと抱きついた。

この人、私と同じ年なのに時々倍くらいの年齢なんじゃないかと思うときがある。

経験値が同世代の人と比べてあまりにも高いのだ。彼は。

「どうした。なんか嫌なことでも言われたのか」

多田君が私の頭を優しく撫でてくれる。その手があまりにも優しくて、ちょっと涙が出そうだった。

「ううん、大丈夫。あんなの、多田君の苦労に比べたら大したことじゃないよ」

「それよりも。葉月に掴みかかられて突き飛ばされるくらいなら、あいつを俺の部屋に連れてきてくれていい。部屋がバレたところで、警備を強化すれば問題ないんだから」

確かにそうかもしれないけど。でも、あの人が多田君の部屋に入るのがどうしても嫌だった。

それは多分、私のテリトリーに入ってほしくないという、多田君に対する独占欲からきていると思う。簡単に言えば嫉妬だ。

自分でもこんな感情があるなんて初めて知った。

「……問題なくない。あの人がここに入るのは、私が嫌だったから……」

素直な気持ちを吐露して、そのまま多田君の胸に顔を押しつけた。でも、いつまで経っても彼がなにも言わないのが気になって、顔を上げてみた。

「あれ?」

多田君が口元を手で押さえ、私から視線を逸らしている。表情から今の心情を読み解くのは容易で

はないが、なぜか耳がほんのり赤くなっていた。

「……多田君、なんか、耳が赤い……」

「言わなくていいから」

被せるように言われた。だけど、彼のこんな表情をこれまであまり見たことがない。

珍しいからもっと見たい。

「もしかして、照れてるの？」

「……まあ。和可が俺に対する独占欲を表に出すの、初めてだろ。好きな女にそんなことされたら男なら誰だってこうなる」

独占欲だってすぐわかったんだ。

「多田君て鉄仮面だって思ってたけど、こんな表情もするんだねえ。かわい……」

可愛い、と言おうとしたら、彼が今の今まで口元を覆っていた手で私の口を塞いだ。

「今可愛いって言おうとしただろ」

「らって、ふぁわひいはら……」

「可愛いのは俺じゃなくて、和可だ」

「……!!」

さっきまでの照れ顔はどこに行ったのか。もうすっかりいつもの多田君に戻っている。

——戻るの早っ……!!

「そんな今にも抱いてほしい、みたいな格好してると、ベッドに連れて行きたくなるな」

多田君の手が私の腰に添えられ、ウエストラインをゆっくり撫でていく。その手つきに、なんだか変な気分になってきてしまう。

「なっ、これはスカート洗ってるから致し方なく……‼　それより、今日はうちに持ってく手土産買いに行くんじゃ……」

「買い物に行く前に何回かは抱ける」

「だ」

「ベッドに行こう」

多田君が私の手を引き、寝室に誘う。

買い物はどうするの、と喉まで出かかった。でも、私も彼と抱き合いたい。

寝室に一歩足を踏み入れた瞬間、買い物のことはどうでもよくなった。

「和可」

ベッドに腰を下ろすと、すぐに彼の顔が近づいてきて、いきなり舌を絡めてくる。

でも、こんな荒々しくて欲望を隠さない彼も好きだ。というか、もう彼の全てが大好きなのだ。

――多田君沼、だな……。

私、今絶賛多田沼にはまっています。

葉月の件は、一族の中でも問題視する者と、しない者で半々に分かれた。

「いくら遠縁とはいえ、一族の者に違いはないんだから、あまり大事にはしないほうが……」

「いや、一族だからこそ問題行動は窘めるべきだろう。それに、好き勝手なことばかりして当主に迷惑をかける娘を嫁にするなど言語道断。当主の妻になったときのことを想像してみろ、やりたい放題だぞ。葉月もだけど、郁雄もな」

多田郁雄という男は、祖父の再従兄弟《はとこ》の息子である。

辛うじて多田の姓を名乗ってはいるが本家との縁は薄い。それと共に郁雄本人が如何《いかん》せん口が軽いお調子者で、趣味がゴルフと酒の飲み歩きというのは親族間でも有名な話だ。

そんな夫に嫌気が差したのか、数年前に長年連れ添った妻が家を出たという話を聞いた。

そういった醜聞くらいしか噂を聞かない多田郁雄は、祖父のある意味情けのようなものでグループ企業の重役のポストに収まっている現状である。

その娘である葉月は、外見は麗しく一見すると名家のお嬢様という出《い》で立《た》ちなのだが、どうにもわがままに育ってしまい周囲も手を焼く有様。お嬢様学校といわれる大学に進学はしたものの、ろくに通学しないまま留年を重ね、最終的に除籍になったという。

そんな葉月は現在三十二歳。二十代の前半頃から俺につきまとい、将来は二千夏と結婚する、などと勝手に周囲に言いふらし、まるで自分が婚約者であるかのように振る舞った。

それを冷めた目で見ていた俺だが、まさか三十過ぎても同じことをしているとは。

ある意味、こんな面倒極まりない人間もいるのだと衝撃を受けたものだ。

――とにかく、クソ諦めが悪い。

この葉月をどうしてくれよう、とずっと考えていた。

多田郁雄がグループ企業の重役のポジションに就いている。という事情もあり、なるべくなら穏便に済ませようと思っていた。でも、和可に危害を加えたことは許しがたい。

さすがにこれ以上あの親子を野放しにはできない。

早速、多田郁雄と葉月を道生工業本社にある自分の執務室に呼んだ。ここに二人を呼んだのは初めてだった。

「社長、多田郁雄様と葉月様がいらしたようです」

「通してください」

秘書にこう告げると、数分後。二人が執務室に現れた。それにしても、来社するのが予定していた時間よりだいぶ遅い。

――時間も守れないのか。さすがだな。

「二千夏君久しぶりだね。随分立派になって」

入ってくるなり謝りもせず、これだ。

恰幅《かっぷく》のいい体格に、まん丸顔の多田郁雄。

後ろにいる葉月は膝丸出しの派手な黄色のワンピースにピンヒール。反省の色など全く見えないすまし顔だ。自分が和可にしでかしたことなどすっかり忘れているようである。

「郁雄おじさんお久しぶりです。どうぞ」

席を立ち、二人を来客用のソファーに座るよう促した。多田郁雄の隣に葉月が座り、早速秘書が持ってきたお茶とお茶菓子に口をつけた。

「ん。このお菓子美味いな……」

なぜこの場に呼ばれたのか。本気でわかっていないらしく、親子でお茶とお菓子を堪能している。

暢気《のんき》なものだ。

「今日お呼びしたのは、葉月さんのことです」

湯呑みを持っていた葉月がビクッと肩を揺らした。

「ほう、葉月のこと……なにかな。この前は結婚しないと言っていたが、もしかして気持ちが変わったのかな。ついに葉月と結婚する気になった……とか？」

がははは、と下品に笑うこの男は、葉月が先日やらかしたことなどなにも知らない様子だ。

「いいえ、逆です。私に彼女と結婚する気は万に一つもありませんので、いい加減諦めていただきたい。電話で説明はしたはずですがご理解いただけてないようでしたので、お呼びした。それだけです」

「は？　なんだって⁉」

驚いた多田郁雄が湯呑みをテーブルに置いた。

「言ったとおりですが。葉月さんの行動は目に余るものがあります。何度も私のマンションに来ては、無理矢理中に入ろうとする。先日は私の婚約者に遭遇し、危害まで加えました。身内だからと大事にはしませんでしたが、本来なら警察を呼んだっていいくらいです」

「な……⁉　そんなこと私は聞いてないぞ。葉月。本当なのか⁉」

「……知りません。そんなことしていません」

しらを切る葉月。しかし、その視線は泳いでいて、さっきからこちらを見ようとしない。

「往生際が悪いですね……私の婚約者にあんなことをしておきながら、知らない、ですか……ここで素直に謝ればまだ可愛げがあるものですが」

ここで、以前から葉月の素行調査をお願いした調査会社から受け取った封筒を取り出した。中から数枚の書類と写真を出し、彼らからよく見える位置に置いた。

「これは、ここ数週間の葉月さんの行動です」

その写真に多田郁雄が食いつく。対する葉月は、写真を見ようともしない。

「な、なんだこれは……」

俺のマンションのエントランス前をうろつく葉月、マンションから出てきた俺にしがみついてなにかを懇願している葉月、マンションにやってきた和可に噛みつき、襟ぐりを掴んで突き飛ばした瞬間の写真。

これらの写真と併せて、葉月の行動を一日追っていた者からの報告書を見て、多田郁雄が言葉を失う。

「葉月お前……私が紹介した会社で働いてるんじゃなかったのか⁉　一日中なにをやって……‼」

「はっ、働いてるわよ‼　こんなの、で、でっちあげよ‼」

「そんなわけないだろう、これだけ状況証拠が揃っているというのに……！　それに、に、二千夏君の婚約者⁉　君、いつの間に婚約なんかしたんだ⁉」

「つい最近ですが。別に、婚約したことを郁雄おじさんに報告する義務などありませんから」

「そ、そうかもしれないが……葉月は……」

多田郁雄がちらっと葉月に視線を送る。

こんな状況でも、自分の娘が可愛いのは変わらないのだろう。

それでも、糾弾することは止めないが。

「郁雄おじさん、こんなストーカーまがいな行動をする女性を、多田家の当主である私の結婚相手になど考えられるはずがないでしょう。この写真や調査報告書を一族の重鎮たちに公表したっていいんですよ。でも、ここで退いてくれるのならそれは止めておきます。すべては郁雄おじさんの決断にかかっています」

「私の、決断……」

多田郁雄の額に汗が滲《にじ》み始めた。

「そうです。ここで葉月さんを庇《かば》えば、あなたは今の立場を失うことになります」

「な、なんだって⁉」

そこまでは考えていなかったのか。途端に多田郁雄が青ざめる。

「当たり前でしょう。葉月さんが自分の非を認めないのであれば、その責任は親であるあなたにのしかかるのです。至極当然のことだと思いますが」

多田郁雄が、いきなり体を葉月の方へ向けた。

「おい、葉月‼　なにを黙ってるんだ、全部お前が悪いんだぞ‼」

いきなり自分が悪い、と責められた葉月が、憮然とする。

「はあ？　お父さんなに言ってるの？　私はやってないって言ってるのよ。娘の言うことが信じられないの？」

「信じられないの、ってお前……、これだけ証拠を突きつけられてるのに、まだしらばっくれるつもりなのか⁉　お前のせいで私が職を失ったらどうするんだ‼」

「お父さんの仕事と私とどっちが大事なのよ⁉　こういう場合は娘をとるもんじゃないの⁉」

「仕事がなかったら生きていけないだろうが‼」

二人の言い争う様子を眺めていると、この時間が無駄だと思う。

どうでもいいから、さっさと結論を出してもらいたい。

「で。どうするんです？　とりあえず私が望んでいるのは、葉月さんに私との結婚は諦めてもらうこと、私の婚約者に近づかないでほしいということ。この二点になります」

きっぱり告げると、多田郁雄がすごい形相で葉月を睨む。

「葉月‼　二千夏君との結婚は諦めなさい‼」

「な……なんで⁉　そんなのいやよ、ずっと二千夏と結婚するつもりでいたのに‼」

「それは、私と結婚したいのではなく、多田家の当主との結婚が目的だっただけでしょう？　実際兄が家を出るまでは兄と結婚したいと言って、兄につきまとっていたようですし」

葉月をじろりと見れば、バツが悪そうな顔をしている。

調子のいい行動をしていた自覚はあるということか。

しかし、これに反応した多田郁雄が「なんだって！」と声を上げた。想定内だが、娘の行動の全てを把握していた訳ではなかったということか。

「お前……‼　二千夏君だけじゃなくて一路《かずみち》君にもそんなことを言っていたのか‼　状況によってコロコロ相手を変えるなんて、恥ずかしくないのか！」

一路というのは俺の兄の名前だ。

父親に声を荒げられて、葉月も我慢の限界に達したらしい。顔を真っ赤にして父親に食ってかかる。

「それをお父さんが言うの⁉　私が子どもの頃から将来は金持ちと結婚しろって散々言ってきたのはそっちじゃない‼　だから最初は一路君と結婚しようと思ったのよ！　でも、一路君は多田家を出ちゃったから、二千夏にしたんじゃない。それのどこが悪いのよ」

ふん、と鼻を鳴らす葉月に反省の色は全く見られない。それどころか全ての行いを父親のせいにしようとしている。

――この親にしてこの娘あり、か……どうしようもないな。

いいかげんこの話、終わりにできないものか。

「親子喧嘩《げんか》は別のところでやってください。それよりも郁雄おじさん。今ここで結論を出してください。できないのであれば……」

聞き分けのない娘と俺の間で板挟み状態。そんな多田郁雄が、わかりやすく困り顔になった。

「に、二千夏君……‼　いくらなんでもこの場で答えを出せってのは酷じゃないか……！　せめてもう少し時間をくれないか。必ず葉月を説得するんで……」

「なりません」

断言したら、多田郁雄の顔が強ばった。

「時間を与えている間に、また葉月さんが私の婚約者に近づかないとは言い切れませんから。もし今度プライベートで私に近づいたら、そのときはこの話を一族間で共有します。場合によっては郁雄おじさんにも責任をとってもらい、一族との縁を切っていただきますので、そのおつもりでいてください」

「縁を、切る……‼」

「さあ、ご決断を」

一人掛けのレザーソファーで、足を組み多田郁雄の答えを待つ。

観念したようにがくりと項垂れた多田郁雄は、太股の上で拳を握る。

「……わ、かった。今後、葉月を君には近づけない。もちろん、婚約者にもだ。そのときは私は責任を負う」

父親の決断を聞き、今度慌てたのは葉月だ。

「はっ⁉ ちょ、なに言ってるのよお父さん⁉ そんなこと聞き入れられるわけが……」

「このバカ娘がっ‼ これ以上ない窮地に追い込まれてるのがまだわからんのかっ‼ 二度と二千夏君達につきまとうんじゃない‼ これは命令だ‼ それが聞けないのなら家から出て行けっ‼」

バカ娘、命令、出て行け。

おそらく、自分の父親の口からこんな単語を聞くのは初めてだったのではないか。葉月が信じられないという顔で父親を見つめている。

「う、うそ……お父さん、本気……？」

「当たり前だっ‼ ここまで言ってまだ同じことを繰り返すようなら、お前とは親子の縁を切ってもいい」

「……っ‼ う、うそ……お父さん‼ いやだあああ、そんなの……‼」

「うるさい、こんなことになったのは全部お前のせいだからな‼ ちゃんと自分のしでかしたことの大きさを自覚しなさい‼」

半泣きの娘に縋《すが》られて、突き放す父親。

なんだこれは。

「じゃ、ご理解いただけたということでよろしいですね？　郁雄おじさんも、葉月さんも」

「承知した……」

「……わかり、ました……」

葉月の方は渋々といった感じだが、とりあえずこれでいい。

しかし仕事以上に疲れた時間だった。早く和可の顔が見たい。

二人を帰して、自分の椅子にどかりと座った。そして、和可の笑顔を思い出して少しでも癒されようと努力した。

自分には和可が必要なのだ。

学生時代から物怖《ものお》じすることなく話しかけてきて、ごくごく普通に接してくれた海崎和可。

将来結婚するのなら、彼女のような女性が理想だった。

それが渋々参加した同級会でまさかの再会を果たし、婚約までするることができた。

兄が家を出たときから自分には多田家を背負う責任がある。そう思ってここまでやってきた。なにがなんでも、多田家と道生工業の未来を担わなくてはいけない自分にとって、はっきりいって恋愛は二の次。なんなら、結婚せず跡継ぎがいなくても、自分の跡目には一族の中から誰かを出せばいいくらいに思っていた。

だけど、和可と再会してからは考えが変わった。

彼女の笑顔を思い出すと胸が熱くなった。声を聞くと、素直に可愛い声だと思うようになった。それと同時に、彼女を自分のものにしたいという欲望までが生まれてしまい、気持ちが自分で制御できなくて戸惑ったこともある。

でも、彼女は全てを受け入れて、自分と結婚すると言ってくれた。素直に嬉しかったし、こんな自分を愛してくれる彼女に感謝した。

数年前に家を出た兄も、職場で好きな女性を見つけて長年片思いをし、数年前にその女性と結婚した。

兄から直接結婚すると聞いたとき、当時結婚に全く興味がなかった自分にはそれが意味のあるものとは思えなかった。だから敢えて尋ねた。

『結婚ってどんな感じ?』

そのとき兄は、言葉にするのは難しいなと言って困ったように笑っていた。

『でも、愛する人がいる生活というのはいいものだよ。今は理解出来なくても、そのうち二千夏にもきっとそういう相手が現れるから』

こんなことを言われても、やっぱり自分には無縁のものだと感じていた。

『さあ……どうだろう』

素っ気なく返事をした記憶がある。

でも、兄の言葉は嘘じゃなかった。

愛する人がいる生活というのは、目に見えて大きな変化はない。だけど、ふとした時に思い浮かべる彼女の顔や言動に、気持ちが救われる場面が何度かあった。

——兄さん。あなたの気持ちがようやくわかったよ。

確かに愛する人がいる生活は素晴らしい。

それを知ったらもう、彼女を手放すことなどできなかった。

第八章　お互いの両親に挨拶へ

葉月さんのことがずっと気にかかっていた私だが、ある日。多田君から全て終わったと連絡があった。

「終わったってどういうこと？　多田君、なんかしたの」

仕事中にメッセージが来ていたので、終業後会社を飛び出し、すぐに多田君へ電話をかけた。

すぐ電話に出た多田君が、至って冷静に状況を説明してくれた。

『したね。葉月の父親と葉月を俺の職場に呼んで、いろいろ状況証拠を突きつけたうえで、こういったことはやめろと迫った。そしたら、わかった、と』

「じょ、状況証拠ってなに⁉」

『葉月が俺のマンションをうろうろしだしてから、調査会社に葉月の行動をチェックするように依頼していたんだ。それを纏めて父親に突きつけたわけ』

「そ、そんなことしてたの……」

『そう。だから、葉月が和可の胸ぐらを掴んで突き飛ばしたところもバッチリ映像が残ってた』

「あ、あれ。残ってたんですか……」

撮られているのも全然気がつかなかったけど。プロの仕事ってすごい。

『あれを見た瞬間は正直葉月をどうしてやろうかと思ったけど、とりあえず穏便に済んだんでこれで大丈夫だと思う』

「ど……どうしてやろうって……なにを言って……」

『俺の婚約者に手を出すとこうなる、というい見せしめになった。そのうち一族内で共有するんで、当分の間和可になにかするヤツは出てこないだろう。まあ、出てきたとしても叩きのめすだけだが』

——な、なんという……

「多田君、言っていることが物騒です……」

『それだけ和可を大事に思ってるってことで。許してほしい』

「……っ、そんなこと言われたら許さないわけにいかないでしょ」

これは多田君の作戦なのだろうか。

この人はさりげなく私を喜ばせるのが、本当に上手い。

——惚れた弱みだなあ……

『じゃ、今週末和可の家にご挨拶に伺うから。よろしく』

「うん、わかった。待ってるね」

通話を終えて一息つく。

これで心配事も片付いていて、多田君との結婚が現実味を帯びてきた。

嬉しいようなドキドキするような。新たな日々の始まりだった。

そして今週末。多田君がうちに挨拶に来る。……はずだったのだが、事前に二人で相談した結果、多田君の両親も一緒に我が家に来て、顔合わせを一度に済ませてしまおうという話になった。

その後私の両親に状況を説明したら、すんなり承知してくれた。それよりも、母としては我が家に来るのがあの多田さんだということで、そっちが気になっているようだった。

「多田さんかあ……多田さん……お茶菓子なに出したらいいかしら……」

母の気がかりがお茶菓子だという事実は置いといて。

私は当日に備えて客間の掃除やら、食器の用意などの準備を着々と済ませ、いざ当日を迎えた。

事前に指定された時間となり、ピンポーンとインターホンが鳴ったのを合図に、私は玄関へダッシュした。

「はいっ」

どうぞ、と言いながら玄関ドアを開けると、いつも以上にパリッとしたスーツ姿の多田君がいた。

――か、かっこいい……私の彼氏かっこいいいいいい……‼

眩《まぶ》しすぎて直視できない。でも頑張って彼を見る。彼だけじゃない、彼の後ろにいるご両親にも頭を下げる。

「き……今日はありがとうございます。よろしくお願いします」

深々と頭を下げてから体勢を元に戻すと、多田君がじっと私を見つめている。

「……なに？　どこか変かな」

一応初めて多田君のご両親に会うので、身だしなみは念には念を入れて整えたつもりだった。

髪は昨日の仕事帰りに美容室に行ってカットしてトリートメントもしてきたし、服も普段あまり着ない淡い色合いのAラインワンピースを選んでみた。

――別の服のほうがよかったかな……

ビクビクしながら彼の反応を待つ。すると、そんな私の気持ちを否定するように多田君の目尻が下がった。

「変じゃない。可愛いよ。普段和可のそういう格好あまり見ないから、新鮮でいい」

「ほ、ほんと⁉　よかった……」

大げさではなく、本気で安堵した。

「できることなら顔合わせなんかさっさと終わらせて、和可を俺の部屋に連れて帰りたいところだ」

「……う、嬉しいけど、後ろにご両親がいるので今はやめて……」

「はは。そうだった。紹介が遅れたけど、父と母です」

多田君の紹介に合わせて、後ろにいるご両親が会釈してくれた。

お父様はきりっとした眉毛が印象的なロマンスグレー。道生工業のホームページで見た写真と同じだ。そしてお母様。お母様を見ると、多田君はお母様似なのかなと思うほどによく似ている。

白いツイードのツーピースを着こなし、胸元に光る真珠をあしらったブローチが目を引く、上品なスタイルだ。

二人とも見事に上流階級の雰囲気を漂わせており、まだ挨拶だけなのに緊張感がどっと増した。

そんな私の緊張を和らげるかのように、多田君が笑みを浮かべ、私の肩に手をぽん、と置いた。

「緊張しなくていい。うちの親、そんなに怖くないから」

「あ、ありがとう……」

冗談なのか本気なのかは不明。だけど、その言葉で少しだけ緊張がほぐれた。

まず多田君が。その後ろからお父様とお母様が我が家にあがり、三人を客間の和室に案内した。

我が家は総二階の四ＬＤＫ。一階の奥にある客間は、来客時以外にあまり使用することもなく、雨の日は洗濯物を干す部屋と化している。まさか客間も、久しぶりに迎え入れたのが多田ファミリーになるとは思ってもみなかっただろう。

――今日のためにめちゃくちゃ掃除しちゃったわ……襖《ふすま》も張り替えたし。

多田家の三人と海崎家の三人が向かい合う。ピンと張り詰めた空間の中、私の緊張感もピークに
……なるはずだった。しかし、思いのほか場は和やかだった。

「本当に、ＰＴＡでは多田さんに大変お世話になりまして……」

「あらいやだ、海崎さんが副会長だったお陰ですよ！　その節は随分助けていただいて……本当にね、あのときはいろいろ大変だったんですよ！　覚えていらっしゃる？　ほら……」

といった感じで。挨拶だけはしっかりと交わした後、二人とも当時を懐かしんで話に夢中になって

いるようだった。

「母さん。まだ肝心な話が終わっていないのですが」

多田君が真顔で窘めると、お母様があら、と口元を手で押さえた。

「ごめんなさいね。つい。なんせ当時いろいろあったもんだから。海崎さんのお顔を見たら忘れていた記憶がぶわっと……」

「それはあとで。まずは海崎さん」

うちの両親がわかりやすく背筋を伸ばした。つられて私も。

「和可さんと結婚さ……」

「どうぞ‼　ふつつかな娘ですがよろしくお願いします‼」

多田君が全て言い終える前に、父が食い気味で頭を下げた。

横にいる母が「なんで全部言わせてあげないの」と窘めるし、多田君のご両親は噴き出すし、私は恥ずかしいし、当の多田君は呆気《あつけ》にとられているしで、場が混乱してしまった。

でもすぐに多田君がふふっと笑ってくれて、空気が一変した。

「ありがとうございます。和可さんを誰よりも大切にします。どうかご安心ください」

その言葉に、今度は私がじーんとしてしまう。

――やばっ。嬉しすぎて泣きそう……！　でも、この場の人達誰も泣いてないから泣けない……‼

下唇を噛んでどうにか涙を我慢する。早くこの感動モードが終わるように祈っていると、早速母が座布団から立ち上がった。

「じゃ、一番大事な話は終わったから、お食事にしましょうか！　お寿司《すし》用意してあるんで、よかったら召し上がっていってくださいな！」

素早く母が客間を出て行く。その隙に父がポッポッと多田君のお父様と会話を交わし始めた。

「いやあ、すみません……緊張するとどうも先走ってしまう癖がありまして……」

父が頭を下げると、多田君のお父様がそれを手で制する。

「いやいや。お陰でこちらも緊張が解けましたよ。手塩にかけて育てられた一人娘を嫁に出すとなると、そりゃ緊張もします。お察しいたします」

「多田さんのところは息子さんだけですか？」

父の問いかけに、多田君のお父様が頷く。

「ええ。長男がおりますが、とうに家を出ております。当時は息子でも、家から出すというのはなかなかつらいものがありましたが」

まさかその話になるとは思わず、ギョッとして多田君を見る。でも、彼は優しい表情でただ頷いているだけだった。

「まあでも、本人の気持ちが大事ですから。好きなことをやらせて後悔はありません。それに今ではたまに孫を連れてきてくれるようになったんですよ」

「お孫さんですか。可愛いでしょうなあ」

父が微笑むと、多田君のお父様も目尻を下げる。

「可愛いですねえ。息子とは比べものにならない可愛さですよ」

そうですか～、とうちの父も同意し、ほのぼのとした会話が続く。

それから母が寿司桶を持ってきて、お寿司を食べながらしばらく談笑タイムが続いた。

父とお父様が趣味の話を、母とお母様が過去のＰＴＡの思い出話に花を咲かせたりで、和やかな時間は三時間近く続いたのだった。


「無事に終わってよかった……」

顔合わせが終わり、多田君は一旦ご両親と一緒に帰って行った、でもその後連絡が来て、今度は二人で会いたいと言われたので、彼の部屋に移動することにしたのだ。

「なんか……ごめん。いろいろ……」

車の中で一応謝ったけど、部屋に到着してからもう一度謝った。

「そんなに謝らなくてもいいのに。楽しかったし、うちの親も喜んでたよ、いいご両親だって」

三《み》つ揃《ぞろ》いスーツのジャケットだけ脱ぎ、多田君がソファーに座り長い足を組む。

「だったらいいんだけど、うちの父大事な場面で緊張して失敗するタイプだからさ……あ、お茶でも淹れようか？」

「うん。ありがとう」

何度もお邪魔しているので、すっかり勝手知ったる感じになっている。お茶がどこにあるか、コーヒー豆がどこにあるか完全に把握済みだ。

お茶を淹れて、マグカップを彼に渡す。

ソファーに座ってお茶を飲む彼をまじまじと見ていると、なんだか今見ている光景が夢なんじゃないかと思ってしまう。

「なんか……多田君と結婚できるってまだ現実味ないなあ……」

立ったままお茶を飲み、ぼそっと呟く。すると、それに多田君が素早く反応した。

「今更なに言ってんの」

「だって……私こんなに普通なのに、多田君のスペックが高すぎて」

これに多田君が少々憮然とする。

「和可。君ね、普通じゃないから」

「えっ！　私、普通じゃないの⁉」

そんなこと初めて言われた。

「ぐ……具体的にどの辺が……」

「じゃ、こっちに来て」

手招きされたので、キッチンの作業台にマグカップを置き彼の隣に座った。

「まず」

私の頬に彼の手が添えられる。

「顔が可愛い」

「嬉しいけど、そ……それって多田君の主観……」

「俺がいいんだから問題ない。それから、髪が綺麗」

頬に添えられていた手が、サイドの髪を一束掴み、そのまま口元に持っていく。

髪にキスをする多田君を目の当たりにして、胸がドキドキしてくる。

——い……色っぽいな……

「あとは、性格が最高に俺好み」

「やっぱり多田君の主観じゃないの……」

クスッとすると、多田君がもう片方の手にあったマグカップをテーブルに置いた。

「俺だけが和可の良さを知ってればそれでいい」

両手で顔を挟まれ、唇を強めに押しつけられた。すぐに唇を割って入ってきた舌は、今の今まで飲んでいたお茶の味がした。

「……ん……」

肉厚な舌に翻弄されている間に、彼の手が服の中に入ってきた。手際よくブラジャーを外され、締め付けがなくなった胸元に大きな手が触れてくる。

先端に掌が触れただけなのに、快感が全身を駆け抜けた。なんならこれだけで下半身が大きく疼《うず》いてしまう。

私、いつからこんなに敏感になったんだろう。

キスをやめた多田君が、私の耳に唇を寄せる。

「和可。もうここ硬くなってる」

耳元で囁かれ、指で乳首をきゅっと摘まれた。

「あっ……！」

ビクン、と体を揺らした私を、多田君がじっと眺めている。

――そんなに見ないで。今すぐにでも欲しくなっちゃう。

「た、多田君……」

「それ」

名前を呼んだ途端指摘が入った。

「いいかげんやめない？　その呼び方」

額を突き合わせながらのダメ出しに、あ、と思う。

――それもそうか……結婚するんだし……

「じゃあ、二千夏、君……」

「君いらない」

「……二千夏……」

「よし」

二千夏が満足げに微笑む。その笑顔にまたキュンとなって、彼の首に腕を巻き付けた。

「二千夏、好き。……抱いて」

数秒の間があった。でも、すぐに彼は私の背中に手を添え、強く抱きしめてくる。

「言われなくてもそのつもりだったけどね」

片手で私の腰を抱えつつ、二千夏が身に付けていたベストのボタンを外し始めた。それを見て、私も着ているブラウスのボタンを外し、自ら脱ぎ捨てた。

ほぼ外れているも同然のブラジャーとキャミソールと、スカートという格好になった私を、襟元を寛《くつろ》げた多田君がソファーの上に組み敷いた。

「……美味しそうな格好だな」

「じゃあ、食べていいよ」

「遠慮なく」

多田君が顔を近づけ、まるで本当に私を食らうように口を開けた。それに自分から顔を寄せて、彼を受け入れる。舌を絡め合いながら、彼の手は服の上から乳房を愛撫している。

やがて服の上からではもどかしい、と言わんばかりに裾を胸の上にたくし上げた。唇から頬へ、そして耳から首筋へ移動した唇が、すでに硬く尖っている乳首を口に含み、舌を巧みに動かしながら愛撫する。

「はっ、ん……！」

時折口から乳首を離し、舌先だけを使って面白がるように快感を与えてくる。それがもどかしくて足を擦り合わせていると、スカートの中に手が入り、太股を優しく撫でていく。その手が股間の方へ移動して、ショーツの中に入ってしまった。

「あっ……」

繁《しげ》みを撫でてから割れ目に沿って指が前後する。まだ触れられただけなのに、この先に起こりうることを想像するだけで、蜜が溢れるのがわかる。

「和可……ここすごいことになってるけど」

まだ中に指を入れられていないのに、バレた。恥ずかしくて思わず顔を両手で覆ってしまう。

「だって……仕方ないじゃん……」

「うん。嬉しい」

嬉しいと言って二千夏が胸への愛撫を止め、体を後方にずらす。私の脚を大きく広げその中に体を割り込ませると、股間に顔を埋めて舌で愛撫を始めた。

「……あ、ああ、や、あっ‼」

二千夏の舌が蜜口を丹念に舐め上げる。それに反応して蜜がまた溢れそうになるが、それもまた彼に舐めとられてしまう。

同時に蜜口の上にある蕾をぐりぐりと指で愛撫され、激しい快感に襲われて声にならない。

「～～～っ‼　だ、めっ……それっ……‼」

「だめってなにが。こんなに溢れてるのに」

素直じゃないなあ、と愛撫しながら笑われる。お願いだからそこで笑わないで。

吐息がそこに触れるだけで、腰がビクッとなってしまう。

「や……っほ、ほんとにだめ、なのっ……い、イっちゃうからああ！」

「いいよ」

あっさり言われてしまった。しかも彼の愛撫がより一層激しさを増し、私を追い立てる。

――あ、あ、くる、きちゃう――――っ‼

「ん、んんんっ――――‼」

足をピンと伸ばし、絶頂に達した。でも、二千夏は愛撫をやめない。

「まっ……待って、今、イッたから……‼」

上体を起こし、彼の愛撫を止める。

ようやく顔を上げた二千夏が、口元を親指で拭う。

「ビクビクした和可、可愛かったな」

「……っ、は、恥ずかしいからやめて……」

「恥ずかしがることなんかないけど」

「……じゃあ、今度は二千夏の番……」

もぞもぞとソファーの上を移動し、腰を下ろしている二千夏のベルトに手をかけた。

「和可」

その声には若干の戸惑いがあった。

「いいから」

それをぴしゃりと制して、ベルトを外してウエストのボタンを外し、ファスナーを下げた。

ショーツの中で硬くなっている彼の昂《たか》ぶりを取り出し、なんのためらいもなくそれを口に含む。入れた瞬間、二千夏がビクッと小さく体を揺らしたのがわかった。

――ビクってなった……

口の中に入れた昂ぶりがだんだん硬さを増していく。それが嬉しくて、拙い知識を総動員して愛撫を始めた。先端を丹念に舐めてから、裏側の筋を下からゆっくり舐め上げていく。

愛撫を重ねるたびに、二千夏が震え、頭の上から彼の呻《うめ》くような声が降ってくる。

「わ、和可……」

彼の手は私を制するように頭の上に置かれていた。でも、愛撫を続けているといつしか、彼の手が私の乳房を掴み、先端を指で摘まんでいた。

「ふっ……」

胸先への愛撫に小さく感じつつも、彼への奉仕は止めなかった。次第にそれが硬さを増していくと同時に、二千夏が小さく震え出す。

「ダメだ、和可……もういいから」

心の中でよくない、と返事した。

彼は私を押しのけようとするけれど、それを断固として拒否した。

なんとかしてこの人をイかせたい。もはや意地でもあった。

そんな私の気持ちが通じたのか、二千夏が諦めたように吐息を漏らし始めた。

「……っ、はっ……」

硬くなった屹立が喉に当たって苦しいけれど、奥の方まで口に入れて、口全体を使って愛撫を続けた。その結果、やがて二千夏が「うっ……！」という呻きと共に、口の中に精を放出した。

私はなんのためらいもなく、それを飲み込んだ。これに意外と慌てたのは二千夏の方だった。

「ちょ、和可。出して」

「……無理。飲んじゃった」

二千夏が手で顔を覆い、項垂れる。

「……ごめん、出すつもりなかったんだけど」

「え、そんな。だって私、二千夏にイってほしくて頑張ったんだもん。そんなの気にしないで」

微笑みかけると、顔を上げた二千夏がじっと私を見つめていた。

「……和可のそういうところ、すごく好きだ」

「えっ。なに、いきなり」

「いきなりでもない。ずっと思ってた」

二千夏が着ていたシャツを脱ぎ捨てた。ついでに履いていたスラックスも脱ぎ捨て、ショーツ一枚になる。

「挿れていい？」

「うん」

「ちょっと待って、避妊……」

「なくていい」

彼が離れようとするのを制し、スカートとショーツを脱ぎ捨て、二千夏に抱きついた。

「しなくていい。もう……結婚するんだから」

子どもができたっていい。むしろ二千夏との子どもなら今すぐにでもほしい。

私の決意は変わらなかったけれど、二千夏の中にはまだためらいがあったと思う。

「本当にいいのか」

「うん」

再確認されても、私の気持ちは変わらなかった。

抱きしめ返してきた二千夏がキスをしながら、私の股間に屹立を宛がう。そのままグッと押し込み、私の中に沈めた。

「あ……‼」

いつもより滑らかな感覚に息を呑《の》んだ。あっという間に奥へと達した状態で何度か腰を動かしてから、彼がゆっくりと腰を前後にグラインドさせる。

「んっ、はあ……」

奥への突き上げに思わず吐息が漏れる。はじめはゆっくりだった動きが、徐々に激しさを増す。彼にしっかり掴まっていないと姿勢が保てないほどに、大きく揺さぶられる。

「……っ、あっ、あ、あっ、ンっ……！」

体が火照って熱い。それは、しがみつく二千夏の体も同じだ。汗ばんだ肌と肌を触れあわせながら、体の深いところで繋がる。

これ以上ない悦《よろこ》びの中で、じわじわと快感が湧き上がってくる。

「和可……すごい、せま……」

奥を擦られるたびに快感が全身を貫く。そのたびに子宮が疼き、彼を締め上げているのがわかる。そんなとき、彼の表情が少しだけ苦しそうになる。

なんてセクシーなんだろう。

逞《たくま》しい腕も、意外と硬く鍛えられた胸板も、全て愛してる。

「あ、ああ、あっ……ん、二千夏、二千夏っ……‼」

彼にしがみつきながら二度目の絶頂を迎える。それとほぼ同じタイミングで、二千夏の腰の動きが激しくなり、私を下から激しく突き上げた。

「も、だめえ……イ……クっ……‼」

二千夏の首にしがみついたまま、背中を反らせて絶頂を迎えた。はあはあと彼に体重を預けて息を整えていると、今度はソファーに組み敷かれた。

「イッたばかりのところ悪い」

「あ、んっ……！」

また奥を突き上げられながら、二千夏が覆い被さってきてキスをされる。

甘いキスと激しい突き上げに翻弄されながら、最後は彼がひときわ奥を突き上げた瞬間、精を吐き出した。

「……っ、は、あっ……！」

体を震わせながら、二千夏が私の体を強く抱きしめた。その体を、私も精一杯の力で抱きしめ返した。

愛し合う時間は、ここだけで終わらなかった。

そのあとベッドに移動して一度愛し合ったあと、汗を流すために一緒にお風呂に入った。

二千夏の部屋の広いバスタブに浸《つ》かりながら、まったりするはずだった。しかし、一緒に湯船に入った途端、二千夏の中のスイッチが入ってしまい、結局またそこで濃厚な時間を過ごすことになってしまう。

「二千夏……もう硬くなってるけど……」

湯船の中。彼の太股にまたがるような体勢でキスを繰り返す。さっきからお腹の辺りに硬くなった

屹立が触れていて、彼がまだまだ元気だと猛アピールしているようだった。

「これくらい男なら普通だろ」

なんてことない、という顔で髪を掻き上げる二千夏に、なんだか笑いがこみ上げる。

「ねえ……二千夏って、中学の時は私のこと、どう思ってたの？」

どさくさに紛れてずっと気になっていたことを聞いた。

聞かれた二千夏は、私の腰を撫でながら視線をバスルームの天井へ向けた。

「どうって。普通に好きだったけど」

あっさり告白されて、拍子抜けした。

「好きだったって。だったらそれっぽく接してくれればよかったのに……」

「してたけど」

「え」

つい、どこが⁉　と声を上げそうになってしまった。

中学時代の二千夏を思い出してみても、自分に気がある素振りなどまったくなかった。

「うっそだあ。そんな様子微塵もなかったよ。いつも話しかけると反応はしてくれるけど、全然会話弾まなかったし……」

「ちゃんと目を見て返事しただろ。気のない人にそんなことしないよ」

「……それだけ？」

「そう」

——それだけなのか……

なんというか、実に二千夏らしいというか。これに対しての答えに困ってしまう。

「二千夏……さすがにそれだけでは気持ちは伝わらない……」

「いや、伝えるつもりもなかったんで。はっきりいって学生時代は恋愛を欲していなかった。といっても、今でもあまり気持ちは変わっていない、けど」

「けど？」

二千夏の手が腰から離れ、私の頬に添えられる。

「和可への気持ちだけは違う。他の女性のことはなんとも思わないけれど、和可のことは誰よりも気になるし、誰よりも愛しいと思う。これってもはや執着みたいなものかもしれない」

「執着……二千夏が私に執着してくれるの？」

二千夏が微笑む。

「そう。いや？」

いやだなんて、そんなことあるわけない。

私は笑いながら、いやじゃないよ、と答えた。

「ずっと私だけに執着していてほしい」

彼に自分からキスをした。

執着という単語って、ネガティブにとられがちだけど、こんなに嬉しい執着もあるのだと初めて知った。

でもこのあと、長い間湯船でいちゃいちゃしていたのでちょっとだけのぼせた……

第九章　これからもずっと私に恋をさせる

二千夏と婚約が決まり、両親の顔合わせも終わった。

となるとあとはいつ入籍をするか、なのだが。

——別にこの日がいい、という希望日もないし。私はいつだっていいなあ……

職場での昼食タイムに自分で作ったお弁当を食べつつ、ぼんやりそんなことを考えていた。

未だにまだ、自分が二千夏と結婚するという実感が微妙に湧いてこない。まるでまだ夢の中にいるような気分が、ずっと続いている。

とくにこうして職場で弁当なんか食べていると尚更だ。こっちが現実という気がしてならない。

食べ終えた弁当箱を流し台で洗ってから席に戻ると、外で昼食を済ませた飯野さんが席に戻っていた。

「あ、海崎さん‼　俺、さっき得意先で聞いたんだけど、ほら例の、海崎さんの元同級生だっていう道生工業の多田社長。結婚するらしいじゃん。聞いた？」

「え」

私が会社に結婚の説明をする前に、もうこの人の耳に入っちゃってる。

「なんかさー、道生の会長が喜んでるらしくって、結構いろんな人にもう話してるみたいでね。だったら元同級生の海崎さんも知ってるかなって思ったんだけど、相手って誰なんだろうね？　やっぱあいうところの社長の相手ともなると、俺でも知ってる人だったり……」

「す……すみません。相手、私です……」

ここで知らない振りをすることも考えた。でも、結婚のことはそのうち会社に説明しなきゃいけないし、聞かれたら二千夏のことも話すつもりでいた。

それが少々早まっただけだと思い、ここで明かした。でも、飯野さんはまだ理解できていないらしくきょとんとしている。

「へ？　相手、私……？　ちょっと待って。もしかして、多田社長と結婚するのって、海崎さんなの……⁉」

「そうなんです……」

どんな人が相手か期待している中、私ですみません……という気持ちで肩を竦めた。

すると飯野さんが状況を把握し、いきなり椅子から立ち上がる。

「そうなの⁉　本当に……⁉　す、すげえじゃん‼　おめでとう海崎さん‼」

今この部屋に私と飯野さんしかいないのでまだいいが、これがもっと社員のいる時間帯だったら多分、大事になっていたかもしれない。

「一応入籍したら報告するつもりではいたんですけど、黙っていてすみません」

「いやいや。事情が事情だし、相手のこともあるから、そんなのはいいんだけど。でも、結婚したらこの仕事はどうするの？」

慌てながらも、さっきよりは冷静さを取り戻しつつある飯野さんに聞かれ、返事に迷う。

正直言って、その辺りはまだなにも決めていないからだ。

「私は続けたいんです。ここ、居心地いいし、皆いい人ばかりだから。まあ、また今度相手と相談して決めたいと思います」

とにもかくにも、二千夏の意見を聞いてみないことにはなにも言えない。だから、この場ではこういう返事に止めておいた。

それから数日後。

美沙と山縣君にも結婚の報告をすることになった。

三度目になる例のイタリアンバルにまた同じ四人が集合し、私と二千夏の結婚を祝ってくれた。

「まあ、こうなると思ってたけど。それにしても早かったわね……」

美沙がしみじみしている横で、山縣君も無言で頷いている。

今日は土曜で美沙以外が休日なので、彼女の仕事が終わる時間に合わせて、この店に集合したのである。

美味しいビールを飲みながら、結婚に至るまでの話を二人に説明した。

そういえば葉月さんだが。

二千夏と自分の父親にキツく嗜《たしな》められたという事情もあり、彼女が二千夏のマンションで彼を待つということはなくなったそうだ。

ただ、宗旨替えをしたのか、今度は有名スポーツ選手に狙いを定めているそうで、どうにかして連絡先をゲットできないかともっぱらそっち方面の知り合いに頼み込んでいるらしい。

「とにかく有名人と結婚したいのね……」

美沙がしみじみしながら呟く。

「はっきりって一族の恥ではあるが、俺のところに来なければなんでもいい」

二千夏の発言に他の二人と私が苦笑する。

葉月さんのお父様である多田郁雄さんも、葉月さんが二千夏に迷惑をかけまくったせいで、これまでのような勢いがすっかりなくなってしまったらしい。

「悩みの種が一気に二つも片付いて清々したよ。これで心置きなく和可と結婚できる」

今日は公共交通機関を利用してこの店に来た。よって、二千夏も最初からビールを飲んでいる。

でもこの人、いくら飲んでも顔に出ないザルなのである。

「あ、そうだ。今日、職場で結婚のことバレちゃって」

「え？　バレた？」

二千夏が怪訝そうな顔をする。

「うん、うちの営業さんがお客さんのところで聞いたって。なんか、二千夏のお父さんが話したとかなんとか……」

　飯野さんから聞いたことをそのまま説明すると、二千夏が眉間を指で押さえた。

「おやじ。なにやってんだ」

「あ、いいんだけど。嬉しく思ってくれてるのは私も嬉しいしね。それで、今後仕事はどうするんだって聞かれたんだけど」

「和可の好きなようにすればいい」

　間髪容《い》れず二千夏の返事が返ってきた。

「いいの？」

「今の仕事楽しいみたいだし、俺がどうこう言うことはないよ。そのときの状況に応じて柔軟に対応するつもりなんで、心配しなくていい」

　まるで模範解答のような二千夏の意見だった。こんなこと言われたら、こっちはそれに従うだけだ。

「ありがとう」

　お礼を言うと、二千夏が少しだけはにかんだ。

　ここで突然、私と二千夏が二人で話しているのをずっと見ていた美沙が、ビールジョッキをテーブルに置いた。

「いいな……理解のある恋人、私も欲しい……」

　心の底からの呟きに、山縣君が反応する。

「えー、美沙ならいくらでもいい男いるだろ」

「そんなことないもん……こう見えて、結構男では苦労してて……」

「だったら二人が付き合えばいいんじゃないのか」

珍しく二人の会話に割って入ったのは、二千夏だった。

言われた方の二人が「え」と声を揃え、目を丸くしている。

「二人いつも一緒だし、気も合うようだし？　元同級生で、身元も知れてる。だったらいっそのこと付き合えばいいのにっていつも思ってたけど。二人にそういうつもりはないの？」

「えっ……それは、ほら、俺みたいなうるさい男は美沙、嫌がるかなって思って……え？」

山縣君が美沙を見ると、なぜか美沙が堪えきれないとばかりに笑い出す。

「ええ？　そんなこと気にしてたの？　私、べつに、おしゃべりな男嫌いじゃないけどな」

「いやだって、寡黙な男いいよねって言ってたから……」

「それは！　和可のために多田君の情報を聞き出そうとしたときでしょ！　ただいいって言っただけで、そこに深い意味なんかないから」

美沙の言葉に山縣君が愕然とする。

「そうだったのか……」

「俺と和可はここで失礼するから、あとは二人でどうぞ。さ、和可行くぞ」

「へっ？　あ、うん。じゃ、美沙頑張れ〜」

「えっ、えーっ⁉」

戸惑う美沙と、ぽかんとしている山縣君をその場に残し、私と二千夏は店を出た。

「ふう……」

駅に向かうまでの道すがら、夜風に当たりながら二千夏が息を吐き出す。

「珍しいねえ、二千夏があんなこと言うの」

「……珍しいというか、山縣が美沙を意識してるのは知ってたから。あとはなにかきっかけがあれば関係性も変わるのかと思って」

「えっ‼　山縣君、美沙を意識してたの⁉」

全く気付いていなかった私が声を上げると、二千夏が立ち止まって私を見る。

「気がつかない……？　あんなにわかりやすかったのに」

意外だ、という目で見られてしまう。

「うそ……わかりやすかったの？　私、全然気がつかなかったけど……」

二千夏って、人に興味がなくてそういうことに疎いイメージだったのに。本当によく周りを見ている。

訝しげに二千夏を見つめていると、彼がちらりとこちらを見てから、また視線を正面に戻した。

「和可はいつも俺のことばかり見てたから、気がつかなかったんじゃないか」

二千夏が笑う。

ここでそんなことない！　と突っ込めればいいけど、実際そうなのでなにも言えなくなる。

「それは……しょうがないと思うけど……」

昔好きで、再会したらやっぱり好きで。

そんな人が隣にいたら、自然と目が行くのは仕方がないことだと思う。

「まあ、俺も人の事言えないけどね」

さりげなく呟いた二千夏の一言に、え。となった。

「ちょっと待って。今のなに⁉　二千夏も私のこと見てたの⁉」

「想像に任せます」

再び二千夏が笑うので、その腕に自分の腕を巻き付けた。

ちなみに、明日は彼のお兄さんが経営するお豆腐カフェに行く予定だ。そこで彼のお兄さんとお義姉さん、二人のお子さんが私達を待っているという。

「楽しみだね、明日」

二千夏と顔を見合わせ微笑みながら、駅までの道を並んで歩いて行った。

番外編

TOFU CAFE-U にて

「ＴＯＦＵＣＡＦＥ─Ｕ……っていうんだね、お兄さんのお豆腐カフェ」

「Ｕは義姉の旧姓、宇佐美から来てるらしい」

二千夏が運転する車の中で、お豆腐カフェのＳＮＳを確認する。

そこに二千夏のお兄さんやお義姉さんの顔写真などはなかったけど、センスのいい店内と美味しそうなランチプレートやドリンク、デザートの写真に目が釘付けになった。

「すごい……どれも美味しそう……こういうのって誰が考えてるのかな」

「基本的には兄と中心になっている運営スタッフらしいけど、カフェメニューには義姉も意見をだしてるって話だった。あと、義姉のご両親やお兄さんもメニューを実際に試食して意見をくれるらしい。まあ、宇佐美家が監修してるって言った方が早いか」

「なるほど。お豆腐屋さんが関わってるってなると、俄然《がぜん》期待値が上がるよね。楽しみだな～」

お豆腐カフェのメニューはもちろん気になるけど、それよりも二千夏のお兄さん達に会えることがとにかく楽しみだった。

あまりプライベートな部分を他人に見せない二千夏が、結婚するんだから当たり前かもしれないけど私には家族を紹介してくれる。それが、なんというかものすごく特別な感じがして、婚約者冥利に尽きる……といったところか。

――二千夏のお兄さんかあ……散々話には聞いてるけど、実際どんな人なんだろう……やっぱり二千夏みたいにドライな感じなのかな？

お豆腐カフェに到着するまでの間、勝手にいろいろ想像していたのだが、到着間際になって二千夏がその辺りに言及してきた。

「ちなみに兄貴、俺と全然違うから。ちょっとびっくりするかも」

「……え？　そうなの？　顔が似てないとか？」

ハンドルを握る二千夏に尋ねると、少しだけ間が空いた。今日の二千夏は白のポロシャツに下はネイビーのアンクルパンツというラフな格好だ。休日しか着ないポロシャツの袖から露出する逞しい腕が、さっきから私の胸をときめかせ続けている。

――いい腕……いつもこの腕に抱かれてるんだよなあ……しあわせ……

「確かに顔も似ていないかもしれない。兄は父似で、俺は母似だから。でも顔のことを言ってるんじゃない」

さっきの話に戻り、私も現実に引き戻される。

「……じゃあ、性格？　そんなに似てないの？」

「和可は営業用の俺でなく、普段の俺を知ってるからね。そこからすると、俺と兄はかなり違うよ。兄の方が穏やかで、人見知りもほとんどしないから」

「へえ……そうなんだ」

――とはいえ、実際に会ってみないとわからないからな～。

二千夏に言われたことを考えているうちに、車がカフェの専用駐車場に停まった。

カフェがあるのは郊外で、周囲は住宅街と商業地の境目のような場所だ。

たまたま手つかずだった工場の跡地のようなものを買い取り、外装と内装の工事を終えて綺麗なお豆腐カフェとして生まれ変わったのだという。

「確かに、言われないと元工場だったなんてわかんないね」

車を降り、綺麗に整備された駐車場と建物を眺めて呟く。

「建物だけは大きいから、ここで豆腐の製造もするらしい。もちろん製法はうさみ豆腐店と同じでね」

「へえ……この近くに住んでいる人とかに喜ばれそうだねえ……」

話しながら店内へと続くドアを開ける。建物は全て白、店内も白を基調としていて、清潔感溢れる空間に仕上がっている。

――お豆腐だから白なのかな～？

きょろきょろしながら店内へ進む。まずカウンターとショーケースがあり、そこにお豆腐を使ったスイーツが所狭しと並んでいる。ドーナッツはかかっているグレーズの味が違うものが数種類あり、豆乳を使ったレアチーズケーキや杏仁豆腐《あんにんどうふ》、プリン、マフィンもある。中には空いているトレーもあり、どうやらそれは売り切れてしまったようだ。

「人気ありそうだねえ……」

「和可、こっち」

ショーケースに釘付けになっていると、二千夏に呼ばれた。彼の後をついていくと、イートインスペースの端に子どもを二人連れたご夫婦がいた。見た瞬間、お兄さんだとわかった。

「二千夏！」

爽やかに手を上げた男性に、おっ、と声を上げそうになってしまう。確かに、二千夏と顔の雰囲気は違う。ぱっと見で兄弟だと分かる人は少ないかもしれない。

「ども。彼女連れてきた。こちらが海崎和可さん。近いうちに結婚するから」

淡々と説明を始める二千夏に内心めちゃくちゃ慌てた。でも、なるべくそれを悟られないよう、必死で笑顔を作った。

「は、初めまして。海崎和可です。よろしくお願いいたします」

若干ぎこちない挨拶をすると、すぐにお兄さんが前に出てきてくれた。

「和可ちゃんね！　兄の一路《かずみち》です。二千夏をよろしくお願いします」

なんとも爽やかな笑顔に、うわあああ……と見とれそうになる。確かに、顔は二千夏とタイプが違うけど、声が似ている。それに背格好も、二千夏のほうが若干背が高いけど、後ろから見るとそっくりだった。

「はい……！　よろしくお願いします！」

「で、こっちは俺の奥さんの円加《まどか》」

紹介されて、奥の椅子に座って子どもを抱いていた女性が立ち上がった。長い髪を緩く一つ結びにしたほんわかとした雰囲気の女性は、私を見て優しく微笑んでくれた。

「はじめましてー！　一路の妻の円加です。私が豆腐屋の娘です。あと、娘が二人。大きい方が桃香《ももか》で、この子が菜々香《ななか》です」

事前に娘さんが二人いるとは聞いていた。二人とも目がくりくりしてて、色白の可愛い女の子だ。なんだかお人形さんのようだ。

「かっ……かわいいですね……!!」

上の子が確か今年で二歳になるはず。下の子はまだ一歳に満たないと聞いた。

子ども達に目が釘付けになっていると、すかさず一路さんが飛んでくる。

「でしょ!!　俺と円加の子、可愛いでしょ!!　もうね、可愛すぎてひとときも離れていたくないんだよ」

一路さんが桃香ちゃんを抱っこして、愛おしそうに頬ずりをした。それを生温かい目で見ていた円加さんが、私に向き直る。

「ごめんなさいね、娘バカなの。引くでしょ？」

「いいえ、そんなことないです!!　本当に可愛いから、気持ちはよくわかります」

「ん～。可愛がってくれるのはいいんだけど、本当に子どもと離れたくないからって仕事に行こうとしなかったり、全部自宅からリモートですませようとしたりするから、たまに心底面倒なのよ～」

「お義姉さん、すみません」

なぜかここで二千夏が謝る。

「いいのよ～。二千夏くんにはいつも娘達にお土産もらったりして、本当にお世話になってるの。これからは和可ちゃんも多田家の一員になるわけだから、どうぞ末永くよろしくね？」

「はい、よろしくお願いします」

「さー、二人とも座って？　せっかくだからなんか食べて感想教えてくれる？　あ、ここは私達の奢《おご》りだから」

お義姉さんに促され、隣のテーブル席につく。

メニューにある料理をお義姉さんがひととおり説明してくれる。その間、お兄さんはお子さん達の面倒を見ていた。

――なんだか、夫婦の力関係がよくわかる光景だわ……

と思いながら、料理はお義姉さんおすすめのいろんな料理が少しずつ載ったプレートを選んだ。あとは食後のデザートにドーナツとプリン。

注文が一段落すると、やっとお兄さんがお子さんを子供用の椅子に座らせ、席に着いた。

「二千夏、聞いたよ。なんか、郁雄おじさんとこの葉月が面倒なことになってたんだって？」

お兄さんが半笑いで二千夏に尋ねてくる。二千夏はというと、表情は暗い。

「大変どころじゃない。和可にも手出されて、こっちは怒り心頭だよ。兄貴のときの一子《いちこ》といい、どうしてうちの身内はそんなヤツばっかりなんだか」

「親戚が多いと仕方ないんじゃない。でも、二千夏ならうまくやるだろうと思ってたよ」

さっき運ばれてきたアイスコーヒーに口をつけながら、お兄さんが微笑む。それを見て二千夏が、小さく息を吐き出した。

「やるけど。でも、和可に手を出されるのはたまらない。仕事をしていても気になって手につかない」

「え？　そうなの？」

そんなの初めて聞いた。すぐ二千夏に聞き返すと、なぜか軽く睨まれた。

「当たり前だろ。俺に直接手を出すのではなく、俺が大事にしている人と分かっていて和可に手を出すというのは一番卑怯《ひきょう》な手口だろ。人として最低の部類の人間がやることだ」

「し、辛辣。そこまでじゃないと思うけど……それにあれは、私が相手しちゃったからいけないのもあるし……」

あまり二千夏をカッカさせてはいけないと思い、一応フォローした。でも、二千夏はそれが気に食わないようだった。

「あんな奴《やつ》に優しくする必要なんかない。あいつに優しくするなら、その分を俺に上乗せしてくれ」

「はっ⁉　上乗せって……私、二千夏には優しくしてるはずだけど……」

「もっとしてくれていい。というか、もっと甘えてくれていい」

真顔でしれっと言われ、つい真顔で二千夏を見つめてしまう。

そんな私達を見て、真っ先に反応したのはお兄さんだった。

「ぶっ……！　すげえ、和可ちゃん、すっかり二千夏を手懐《てなず》けてる」

お兄さんは思いきり笑いたいのを堪えているようで、隣にいるお義姉さんがそれを見て笑顔になっている。

「ねー。すごいわ。二千夏君も一路さんみたいなことが言えるようになるなんて……」

二人がしみじみしているところからして、今までの二千夏ならこういう台詞を吐くのはありえなかったと思っていそうだ。

「それじゃ俺がいつも円加に甘いことばっかり言ってるみたいじゃん？　まあ、言うけど」

クスクス笑い合っている二人は、すごくお似合いだ。このやりとりの間、ずっと菜々香ちゃんを抱っこしているお姉さんを気遣い、「俺が抱くよ」と言って抱っこを交代していた。

「それで、結婚式はいつやるんだ？　多田家の跡取りの婚姻となると、結構大きな式になりそうだけど」

「いや」

アイスコーヒーを飲んでいた二千夏が短く否定する。

「親類縁者、仕事の関係者を全て招待したらとんでもないことになる。俺だけならまだしも、和可の負担になるようなことはできるだけ避けたい。だから、身内だけでこぢんまりやりたいと思ってる」

「あ、そうなの？　和可ちゃんもそれでいいんだ？」

お兄さんの問いに頷く。

「はい。私はある程度人数が多いことは覚悟していたので、二千夏には多くても平気だよって伝えてたんですけど、二千夏がどうしても苦労かけたくないって……でも、私を気遣ってくれることが嬉しかったので、彼に従うことにしたんです。まあ、今内輪婚って流行《はや》ってますしね？」

「そう。流行りに乗っかることにした」

涼しい顔で頷く二千夏。お兄さん達が笑顔で「へえ〜」とハモる。

「いやあ、いい人が二千夏に、二千夏の元に来てくれてよかったねえ〜。円加もそう思うよね？」

「うん。多分、和可ちゃん以外に二千夏君と合う女性っていないような気がする」

思いがけず二人に太鼓判を押してもらえて、若干の緊張が緩んでついでに表情筋も緩む。

「あ……ありがとうございます……!!」

お二人にお礼を言ってから二千夏へ視線を送ると、なんだか楽しそうにこっちを見ていた。

「……な、なに？」

「いやべつに。嬉しそうだなって。こんなに喜んでくれるなら、もっと早くここに連れてくればよかったな」

二千夏が呟いたあと、ランチのプレートが運ばれてきた。お豆腐屋さんが監修しているカフェなので、豆腐を使ったミニコロッケや、白和《しらあ》えなんかもある。しかし、料理の全てに大豆を使用しているわけではない。

「このサラダに使ってる野菜はね〜、うちの実家がある商店街の八百屋さんから仕入れてるの。メンチカツはお肉屋さんから仕入れてる。なんていうか、商店街に協力してもらってできあがったプレート、みたいなものね」
お義姉さんが説明をしてからうふふ、と楽しそうに笑う。ついでに結婚した今でも、こんな形で実家に貢献するとは思わなかった、と明かす。それに素早く反応したのはお兄さんだった。

「だって、せっかく実家で美味しい豆腐作ってるんだから、いろんな人に食べさせたいと思うのは当たり前のことだろ？」

「そうだけど、まさかカフェまで作るとは思わなかったんだよね～。ほんと、お金持ちは考えることが違うわ……」

ポロリとこぼれたお義姉さんの本音に、つい笑ってしまった。

ランチプレートはどの料理もすごく美味しくて、あっという間に全部食べ終えてしまった。デザートも全て平らげて完全に満腹になった私達は、そろそろ帰ることにした。

お土産にうさみ豆腐店のおぼろ豆腐やがんもどきをいただき、ホクホクである。

バイバイと手を振るお子さんとお兄さん夫婦に手を振り返しながら、一千夏の運転する車が駐車場を出て帰路に就く。

子どもは可愛いいし、二人とも優しくて素敵なご夫婦だった。それにお豆腐カフェもすごくよかった。

私も友人や同僚に教えてあげなくては。

「ああいうご夫婦、理想だな～」

帰りの車の中で、何気なく呟くと、それに対しての一千夏の反応が素早かった。

「俺は兄のようにはできないけど」

素早すぎるうえに的を射ていて、脱力しかけた。

「わかってるって。二千夏はお兄さんとちょっとタイプ違うもんね」

言われなくともそんなのは分かっている。元々口下手というか、あまり自分の思いを口にしないのが二千夏なのだから。

それなのに敢えて口にしてくる二千夏がおかしくて、なんか笑えた。

「好きとか愛してるとか、そういう言葉が欲しいわけじゃないから大丈夫。二千夏は二千夏のままでいいよ」

「……言葉いらないの？　でも、ないと寂しいって言うんじゃない？」

「まあそうだけど……でも、二千夏っていう人はあまりそういうこと言わないでしょ？　そんな二千夏が毎日のように好き好き言ってきたら、なんか引くかも」

「なんだそれは……」

言葉が少ないタイプだからこそ、言ってくれると嬉しいわけで。あまり頻繁に言われたら、ありがたみが減ってしまいそう。

「だから今ぐらいでちょうどいいよ」

隣にいる二千夏に微笑みかける。

「それなら、まあ……いいか」

二千夏の口元が、ほんのり緩む。

それにお兄さんの前では、二千夏もちゃんと弟だった。それを見て、なんとなく安心した。

「兄弟仲良しで安心したし、今夜はお兄さん達にいただいたお豆腐とがんもどきで夕飯にしようね」

「大豆だけ……？　せめて肉とか魚もほしい」

「あ、そう？　じゃ、帰りにスーパー寄っていこうか」

再会してすぐの頃は、二千夏とスーパーに行くなんて全く想像もつかなかった。

なのに今では、彼も率先してかごを持ち、一緒に商品を選んでくれる。

どうやらこれまで縁が薄かったスーパーに行き始めたら楽しくなってきたようで、彼の方から今日はここ、今日はこっち、とスーパーを選んでくれるまでになった。

たぶん、こだわり始めると止まらないタイプなんだと思う。

「肉と魚ならあのスーパーだな……」

ぶつぶつ独り言を言っている二千夏を横目で見ながら、少しだけ頬を緩ませる私なのだった。

あとがき

ガブリエラブックスではお久しぶりになります。皆様、お元気でお過ごしでしょうか。

ガブリエラ文庫プラスで「ＣＥＯ」、ガブリエラブックスで「ＣＯＯ」、そして「ＣＦＯ」でこのシリーズはおしまい……と前作の後書きで記していたのですが、前作のヒーロー一路の弟がいいキャラになりそうだなと考えまして、結局今作のヒーローにしてしまいました。とはいえ今作はＣＥＯとＣＯＯのキャラ達は出てこないので、ＣＦＯのスピンオフみたいな位置づけになっています。三部作＋一、みたいな感じでしょうか。

二千夏というヒーローはとっても塩対応なんですけど、そのそっけなさとか和可にだけは気を許してだんだん甘くなる、というスタンスがいい感じに仕上がったかなと満足しております。こういうヒーローはとても私の好みのタイプです。

しかし、現実にこういう人を好きになるかというと、恋愛だったらまだいいのですが結婚相手としては、まあまあめんどくさいかな、と……（あくまでも私の場合です）。塩対応だろうがなんだろうが構わず二千夏のことが大好きな和可だからこそ、うまくいく関係だと思っています。

前作のヒーローヒロインも最初は出す予定ではなかったのですが、番外編ということで急遽彼らを登場させてみました。たまにやりますが、別作品で過去作のキャラを出すというのはなかなか楽しいものです。私は作品を書き上げ次の作品に取りかかると、前に書いていた物語の内容をだいぶ忘れてしまうので、過去作のキャラを出す場合はまたその作品を読み返さないといけないのですが（苦笑）、同時にその作品を書いていた頃の自分を思い出したりもしちゃうので、いろいろ懐かしくなるわけです。ちなみに前作を書いていたときはすごく忙しかったせいもあり、うろ覚えです……というか忙しかったことしか記憶にないです……とにかく、今作も楽しんでもらえたら幸いです。

私の近況ですが、この作品を書き終えて間もなく、推しのライブに参戦してきました。

半年以上前にチケットに当選し、この日の為にもろもろを調整して挑んだわけですが、結果、最高の夜になりました……推し、尊いです……久しぶりにジャンプとか、普段しないようなことばかりやったので、少々腰をやられましたが、そんなのは気にしません。ますます好きになって今でも毎日推しの曲ばかり聴いています。いくつになっても推しって必要だな！　と再認識したわけであります。

またライブに行けるその日まで、お仕事頑張ろうと心に誓った私でした。

ライブで鋭気を養い、よし、これからまた頑張ろう……と意気込んでいたのですが、先月くらいから利き手が酷い腱鞘炎になってしまいまして。なんていうんでしょ、湿布を貼ればすぐ治るような腱鞘炎になることはこれまでにもあったのですが、キーボードを打つたびに痛みが走ったり、車のハンドルを握って右や左にハンドルを切ろうものなら激痛が走る、というレベルの腱鞘炎は人生で初でして……。終いには自宅のトイレの鍵をかけるだけでも痛いという。受診したところ、お医者様からは「休むのが一番」と。

原稿のお仕事だけでなく一応家事全般を私が担っているので、家事もできないとなると我が家が詰む。そこで仕事をちょっとお休みしたり、右手中指を使わないようにしたりでどうにかこなし、家事は家族にお任せしたりでなんとか手を休ませました。それでもなかなか良くならないので、手の甲に注射したら劇的に痛みがひいたので、今こうして痛みを感じることなくあとがきを書くことができています。（注射も効く効かないに個人差があるようなので、効いて一安心です……）

今回のことで長く生きてるといろいろあるなーと思い知らされました。でも、手はね……しかも利き手なので、使わないってわけにもいきませんし……なかなか困りものです。多分今回のことで人生で一番湿布を消費したと思います（笑）皆さんもどうかお気をつけて。利き手を大事にしてあげてください。

今回もこの本に関わってくださった皆様に心からのお礼を申し上げます。

ＣＯＯ、ＣＦＯに引き続き今作もイラストを担当してくださったのは敷城こなつ先生です。今回もラフから素敵なヒーローヒロインを描いてくださり本当にありがとうございました。ヒーローめちゃくちゃ格好いいですよね！　敷城先生の挿絵、とっても萌えるので大好きなのです。皆様も是非ご堪能ください。

久しぶりにガブリエラブックス様で書くことができてとても嬉しく思っています。編集様、版元の担当様もいつもありがとうございます。今回も大変お世話になりました。

そして読者の皆様。お買い上げくださりありがとうございます！

最近はＳＮＳをあまり活用できていなくてすみません。それでもお手紙や励ましの言葉などをくださり本当にありがとうございます。いつも感謝しています。

手を休めつつ、また頑張りますのでこれからもよろしくお願いいたします。

長くなりましたが、最後まで読んでくださりありがとうございました。では～

加地アヤメ

ガブリエラブックス好評発売中

gabriella books

一途な秘書は初恋のCOOに一生ついていきたい

加地アヤメ イラスト：敷城こなつ／四六判

ISBN:978-4-8155-4045-6

「お前は自分で思っているよりずっといい女だよ」

秘書の世里奈は会社のCOO（最高執行責任者）の宇部にずっと片想いをしていたが相手にしてもらえない。田舎に戻る決意をし宇部と食事を共にした帰路、思い余って車をラブホテルの駐車場に入れ告白してしまう。「気持ちよくしてやるから、お前は黙って感じてろ」玉砕覚悟だったのに宇部は優しく世里奈を抱き、その後も甘く口説いてきて!?

ガブリエラブックス好評発売中

gabriella books

実は御曹司の弊社CFOに溺愛されている件について

加地アヤメ　イラスト：敷城こなつ／ 四六判

ISBN:978-4-8155-4071-5

「俺の恋人になってください。もちろん結婚前提で」

入社四年目の円加は退勤後、実家の豆腐屋を時々手伝っていたが、ある日上司であるCFO（最高財務責任者）、多田一路がその店にやってきた。円加の実家を探してきたという彼は、その後もたびたび豆腐屋に現れ商品を買っては、円加を口説いてくる。「可愛いなあ。冗談じゃなく君を食べてしまいたい」イケメンで優しい多田を嫌いではないけれど、上司と部下の関係が変わる事にとまどいを隠せず!?

ガブリエラブックスをお買い上げいただきありがとうございます。
加地アヤメ先生・敷城こなつ先生へのファンレターはこちらへお送りください。

〒110-0016　東京都台東区台東4-27-5（株）メディアソフト
ガブリエラブックス編集部気付 加地アヤメ先生／敷城こなつ先生 宛

gabriella books

MGB-098

女子には塩対応な冷徹御曹司がナゼか私だけに甘くて優しい件について

2023年10月15日 第1刷発行

著　者　加地《かじ》アヤメ

装　画　敷城《しきじょう》こなつ

発行人　日向晶

発　行　株式会社メディアソフト
〒110-0016
東京都台東区台東4-27-5
TEL：03-5688-7559　FAX：03-5688-3512
https://www.media-soft.biz/

発　売　株式会社三交社
〒110-0015
東京都台東区東上野1-7-15
ヒューリック東上野一丁目ビル３階
TEL：03-5826-4424　FAX：03-5826-4425
https://www.sanko-sha.com/

印　刷　中央精版印刷株式会社

フォーマットデザイン　小石川ふに（deconeco）

装　丁　齊藤陽子（CoCo. Design）

ISBN 978-4-8155-4325-9